엠덴의 함생

엠덴의 함생

The Emden

엠덴의 함생

헬무트 폰 뮈케 지음

김민하 옮김

좋은땅

SMS 엠덴

독일 제국 해군기

이 책을 완성하는 데 도움을 주신 모든 분께 감사드리며,

시대와 국가를 막론하고 전쟁으로 인해 피를 흘린

모든 이에게 평화와 안식을 빕니다.

옮긴이의 말

이 책은 1차 세계대전 당시 인도양 일대에서 연합국의 해운을 마비시키며 활약했던 SMS 엠덴 순양함에 관한 이야기입니다.

시작하기 앞서서 원작자인 헬무트 폰 뮈케Hellmuth von Mücke 대위에 관해 잠시 설명하자면, 그는 1차 세계대전 당시에는 엠덴의 부함장이었고, 전간기(戰間期)에 국가사회주의 독일 노동자당에 가입했지만, 히틀러의 악행을 확인한 직후에 당을 탈퇴하고 평화주의자가 되어 반전 시위를 벌였습니다. 이 때문에 그는 체포되어 수용소에 갇혔습니다. 2차 세계대전 이후에도 그는 쭉 평화주의자로 남아 냉전을 중단하자는 목소리를 냈습니다. 그리고 1957년에 세상을 떠났습니다.

자신의 책에 자신의 이름은 독일어로 표기해 달라는 그의 생전 요청에 따라 그의 이름은 한국어 옆에 독일어로도 표기됩니다.

한 가지 주의할 점은 헬무트 폰 뮈케Hellmuth von Mücke 대위는 독일군의 시점에서 이 책을 썼기 때문에 초반에 나오는 당시 국제 정세에 관한 설명은 약간 편향되어 있을 수 있습니다.

그나저나 많은 분들이 제1차 세계대전에 관해서 대영제국, 프랑스 제3공화국, 미합중국 등등의 승전국들의 입장에서 남긴 기록들로 배웠을 것입니다. 하지만 독일 제2제국, 오스트리아-헝가리 제국, 불가리아 왕국, 오스만 튀르크(Osman Türk)와 같은 패전국들의 시선으로 제1차 세계대전을 보는 이들은 거의 없을 것입니다.

그 이유는 나치의 독일 제3제국이 자신들의 선전에 독일 제2제국의 업적과 위상을 이용했고, 1960년대부터 네오나치들이 하켄크로이츠와 같은 나치의 상징들을 이용하지 못하게 되자 철십자, 프로이센 국기, 독일 제2제국 국기와 같은 독일의 전통적인 상징들을 사용했기 때문입니다. 결정적으로 독일 제2제국은 제1차 세계대전에서 패배했기 때문에 승자의 기록인 역사에서 잊혀지거나, 왜곡되어 보여지고 있습니다. 현 상황에서 역자는 이런 잘못된 인식과 편견들로부터 독일 제2제국의 업적들을 보호하고, 제가 살아가는 대한민국의 사람들에게 전하기 위하여 이 책과 같은 당시 독일 측 기록을 한국어로 번역했습니다.

1차 세계대전 중에 벌어진 독일 제국의 전쟁 범죄를 옹호하려는 의도는 없으므로 오해 없으시길 바랍니다.

지금부터 독일 제2제국과 나치의 독일 제3제국이 전혀 다른 국가인 이유를 하나하나 설명해 드리겠습니다.

호엔촐레른 왕조의 독일 제2제국은 나치와 히틀러의 독일 제3제국과 존재 시기, 국기, 정치 구조, 주변 국가들을 향한 외교 정책, 국가 등 수많은 부분에서 차이가 납니다. 일단 편의상 독일 제2제국은 "독일 제국", 독일 제3제국은 "나치 독일"로 부르겠습니다.

먼저 존재 시기는, 독일 제국은 1871년에서 1918년까지이고, 나치 독일은 1933년에서 1945년까지 존속되었습니다. 독일 제국과 나치 독일의 국기를 비교하면, 독일 제국의 국기는 흑백적기(the flag of black, white, red; Schwarz Weiß Rot Flagge)라고 부르는 국기이고, 나치독일의 국기는 하켄크로이츠(Hakenkreuz)가 새겨진 국기입니다.

독일 제국 국기(흑백적기)

나치 독일 국기(하켄크로이츠)

또한 독일 제국의 정치 구조는 황제가 있고, 총리의 행정부, 제국의 사당(입법부), 제국법원(사법부)이 있는 전형적인 삼권 분립 입헌군주제의 구조입니다. 반면 나치 독일은 총리와 대통령이 합쳐져서 만들어진 총통(히틀러)이 장악한 행정부와 히틀러 집권 직후에도 나치당원이 절반이었고, 1935년부터는 나치당원들만 있던 입법부, 히틀러의 측근들만 있던 사법부가 있습니다. 나치 독일의 정치 구조는 한마디로 모든 기관에 나치당원들만 있는 해괴한 정치 구조입니다.

주변 국가들을 향한 외교 정책 부분에서 독일 제국은 비스마르크가 총리였던 시기에는 주변국들을 최대한 자극하지 않으려고 노력했고, 빌헬름 2세가 황제로 즉위한 이후에도 러시아 제국, 오스트리아-헝가리 제국, 대영제국 셋 모두와 우호적인 관계를 유지하려고 했습니다. 그리기 위해서 빌헬름 2세가 즉위한 후에 최초로 방문한 국가도 러시아 제국이었고, 영국의 에드워드 7세가 자신을 개인적으로 싫어해서 독일에게 적대적으로 나올 때에도 빌헬름 2세는 영국에게 최대한 예의를 갖춰 대했으며, 오스트리아와도 꾸준히 교류했습니다.

독일 제국의 국가는 '그대에게 승리의 왕관을'(Heil dir im Siegerkranz)이라는 노래이고, 나치 독일의 국가는 신성로마제국 시절에 만들어진 '독일의 노래'(Das Lied der Deutschen)를 히틀러 취향에 맞게 편곡한 것과 요제프 괴벨스가 만든 나치 당가, '호르스트 베셀의 노래'(Horst Wessel Lied)입니다.

이렇듯이 독일 제2제국과 나치 독일은 엄연히 다른 국가입니다. 그러니 독일 제국을 나치 독일과 동일시하지 않기를 부탁드립니다.

헬무트 폰 뮈케Hellmuth von Mücke 대위(1881~1957)

일러두기| 이 책은 Helene S. White가 독일어 원문을 영역한 "The Emden"을 다시 옮긴 것입니다. 이 책의 원문은 100년도 더 전에 쓰여져, 문맥상 그대로 번역하기에는 어려움이 있었기에 상당 부분 의역하였습니다.

목
차

— 제1장 —

여정의 시작

"전원 갑판으로 집결하라!" 장교들이 호루라기를 불어 명령했습니다. 곧 모든 승조원들이 갑판에 모였고, 모두 긴장한 상태였습니다. 1914년 8월 2일, 오후 2시에 함장 뮐러가 나타났습니다. 그는 무선 메시지에 사용되는 종이쪽지를 들고 있었습니다. 초조해하며, 약 350쌍의 눈이 뮐러 소령에게 고정되었습니다. 잠시 후에 그가 말했습니다. "메시지가 칭다오의 사령부로부터 방금 접수되었다. 8월 첫째 날 우리 카이저Kaiser, 빌헬름 2세께서는 독일 제국의 육해군을 모두 동원하라고 명령하셨다. 러시아 군대는 국경을 넘어 동프로이센으로 진군하고 있고, 동시에 프랑스는 라인란트에 대한 침공과 독일의 심장부에 대한 공격을 준비하고 있다."

그리하여 우리가 우려했던 일이 벌어지고 말았습니다. 적들은 동쪽과 서쪽에서 한꺼번에 우리 조국을 공격하고 있습니다. 1871년 1월 18일(독일 제2제국 성립) 이후 독일은 이렇게 심각한 위기에 처한 적이 없었습니다. 물론 독일이 1871년 이후에 무력을 사용하지 않은 것은 아닙니다. 하지만, 독일 본토가 전쟁에 휘말린 것은 이번이 건국 이후 처음입니다.

그러나 독일 국민은 결코 폭력으로 다른 나라를 정복하기를 원하지 않았습니다. 대신에 근면과 노동, 상업과 생산의 효율성, 높은 지적 수준과 교육적 성취, 정직과 신뢰를 중시하는 평화로운 경쟁을 통해 국가들 사이에서 명예로운 자리를 확보했습니다. 오늘날 독일 제국은 그만큼 성취하지 못한 국가들에게 존경과 질투의 대상입니다. 그들은 기술, 과학 및 교육 수준에서 자신들보다 앞서간 국가와 평화로운 방법으로는 성공적으로 경쟁할 수 없음을 확신하고 있습니다. 그들은 독일 국민에게 전쟁의 분노를 퍼붓고 목적을 달성하기 위해 무력을 사용함으로써 도덕적, 지적 성취를 얻지 못했습니다.

이제 우리는 이 신흥 국가가 시험을 성공적으로 이겨낼 수 있다는 것을 그들에게 보여줘야 합니다. 승리는 쉽지 않을 것입니다. 수년 동안 적들은 이 전쟁을 준비했습니다. 승리를 쟁취하느냐 몰락하느냐가 오늘날 우리 조국의 과제입니다. 지금 독일은 전 세계를 상대로 맞서 싸워야 합니다. 하지만 우리는 조상들을 실망시키지 않을 것입니다. 무슨 일이 있어도 적들에게 조국의 땅을 넘겨주지 않을 것입니다.

일단 블라디보스토크(Vladivostok) 방향으로 진행하는 것이 우리 계획입니다. 우리의 첫 번째 임무는 적의 무역선을 습격하는 것입니다. 현재 추정할 수 있는 한, 프랑스와 러시아는 동아시아에서 가장 큰 함대들을 보유하고 있습니다. 그러므로 우리는 그들과 마주칠 가능성이 큽니다. 왜인지는 모르겠으나, 나는 그런 경우에는 부하들에게 의지할 수 있을 것 같은 자신감이 듭니다.

"빌헬름 황제 폐하를 위하여!" 세 번의 환호가 황해 너머로 울려 퍼 졌습니다. 그런 다음 전원 위치로 복귀하라는 명령이 내려졌습니다. "위치로!"

그렇게 해서 전쟁이 도래했습니다. 서쪽에서 끊임없이 제기된 복수 에 대한 외침, 그것은 태생부터 독일 제국을 쫓아다녔지만, 지금과 같 은 혼란의 시기는 정복에 대한 프랑스의 욕망을 만족시키기 위한 최고 의 기회였습니다. 지난 40여 년간 프랑스는 칼을 갈고 있었습니다. 복 수에 대한, 이 끈질긴 갈망은 마침내 현실이 되어 그 형체를 갖추고 있 었습니다. 1871년에 끝난 독일과 프랑스의 전쟁은 재개되었고 다시 한번 죽음의 주사위가 던져졌습니다. 그러나 이번에 프랑스는 단순히 알자스-로렌 지역을 점령하기 위해서가 아니라 훨씬 더 많은 것을 빼 앗으려 했습니다.

당분간은 우리의 상대는 러시아와 프랑스로 한정되었습니다. 그러 나 수년 전부터 이 두 강대국 뒤에 또 다른 세력, 현재 벌어지고 있는 모든 일의 근원이 서 있었다는 것이 분명해졌습니다. 그들은 수 세기 동안 자신의 이익을 위해 다른 국가들이 시뻘건 피를 흘리게 하며 전 세계를 휩쓸고 다녔습니다. 그 저주받을 나라는 바로 영국입니다!

30년 전 프랑스는 영국의 아프리카 식민지화 계획을 가로막으려 했으나 파쇼다에서 무릎을 꿇고 깊은 굴욕을 당했습니다. 영국이 극동에서 러시아의 팽창에 놀랐을 때 러시아는 1904년부터 시작된 러일전쟁에서 1905년에 영국의 지원을 받은 일본에게 패배했습니다. 이 두 경쟁자가 이렇게 처리된 이후로 영국은 부와 권력에 대한 탐욕을 채우기 위한 수단을 아시아와 아프리카를 넘어서 다른 곳에서 찾는 데 주의를 기울였습니다. 그 대상은 바로 독일이었습니다. 그리고 불쌍한 프랑스와 러시아는 독일을 몰락시키려는 영국의 계획에 이용됐습니다.

독일 제국은 영국의 가장 위험한 경쟁자였습니다. 영국은 평화로운 방법으로는 독일의 과학, 기술, 상업 및 산업 효율성과 성공적으로 경쟁할 수 없었습니다. 이 때문에 조금씩 유니언 잭(Union Jack, 영국)은 무역의 세계에서 흑백적기(독일 제국)에 자리를 내어 줄 수밖에 없었습니다. 평화로운 경쟁에서 영국은 독일의 상대가 되지 못했고, 영국 언론이 전 세계에 퍼뜨린 독일을 비난하는 기사들도 원하는 결과를 얻지 못했습니다. 독일은 영국과 다르게 많은 식민지를 보유하지 않고도 경제적으로 영국을 압도했습니다. 그래서 영국은 "격침하고 불태우고 파괴하라"라는 시대착오적이고 야만적인 방식을 사용하기로 결정했습니다. 하지만 영국이 어떠한 방법으로 그 목표를 이룰지는 확실하지 않았습니다.

과연 영국은 과거에 그랬던 것같이 다른 국가들을 끌어들여서 대신 싸우게 할 것인가? 아니면 그들이 독일 제국을 효과적으로 상대하지 못할 것으로 판단하고 직접 전쟁에 참여할 것인가? 사실 영국은 독일을 공격할 정당한 명분이 없습니다. 하지만 영국에게 그런 점은 안중에도 없습니다. 왜냐하면 영국에게 정당성은 전쟁을 못 할 이유가 된 적은 한 번도 없었기 때문입니다. 영국은 어떠한 구실을 붙여서라도 자신의 앞길을 막는 국가를 무력으로 굴복시킬 것입니다.

확실히 19세기 영국의 정치가 중 한 사람인 더비 경卿, Lord Derby은 자국민을 잘 이해했기에 다음과 같이 말했습니다.

"다른 국가에 대한 우리의 행동은 부끄러운 일입니다. 우리는 이제 그 행동들에 관한 책임을 지고 지금부터라도 국제법을 엄숙히 준수할 책임이 있습니다. 그렇지 않으면 우리는 전 세계로부터 점점 외면받을 것입니다. 해양의, 아니, 이 세상의 무법은 영국의 이기적인 탐욕을 보여 주는 가장 적절한 예시입니다."

이 세상에 영국의 침략 전쟁에 피해를 입지 않은 국가가 얼마나 될까요? 스페인의 무적함대는 영국의 무력 앞에 처참하게 격침되었습니다. 노동에 조금이나마 대가를 지급하며 운영된 네덜란드의 평화적인 제국은 잇따른 영국과의 해전들에서 패배하여 현재까지도 당시의 위상을 복구할 엄두도 내지 못하고 있습니다. 덴마크의 경우에는 우수한 해군 전력이 모두 영국에게 나포되었으며 전시도 아닌 평시에 수도인 코펜하겐이 영국 해군의 포격을 맞고 불탔습니다. 그리고 중국은 자국 내에서 영국의 아편 판매를 금지하는 정당한 행동을 했음에도 영국의 심기를 건드렸다는 이유로 두 번의 전쟁으로 초토화됐습니다. 또한 이집트는 영국에게 지배당하며 그 유서 깊은 땅이 한낱 목화 농장으로 전락했습니다. 이탈리아가 영국처럼 식민지를 개척하려고 하자 영국은 자신들은 한 번도 지키거나 신경 쓰지 않았던 "아프리카의 안전"이라는 명목으로 이탈리아를 저지했습니다. 인도에서는 수억 명에 달하는 인구가 몇천만 명밖에 되지 않는 영국인을 위해 혹사당했습니다. 보어 공화국은 다이아몬드, 금과 같은 보석들 때문에 영국에게 무력 지배를 당했습니다. 튀르키에도 크림 전쟁에서 영국과 프랑스의 도움을 받은 후에 영국에게 많은 것을 빼앗겼습니다. 이 외에도 수없이 많은 국가들이 영국의 침략 전쟁에 피해를 입었습니다.

영국인의 진실성에 대해 토머스 칼라일은 다음과 같이 적절하게 묘사합니다.

"영국인은 더 이상 진실을 감히 믿지 않습니다. 지난 두 세기 동안 그들은 온갖 종류의 거짓에 둘러싸여 있었습니다. 그들은 진실을 위험한 것으로 여기며, 우리가 보는 모든 곳에서 그들의 거짓말에 함께 하도록 명령함으로써 진실을 조작하려고 몸부림치는 것을 볼 수 있습니다. 이것을 그들은 안전한 길이라고 부릅니다."

현재 지구상에 영국의 영향력이라는 족쇄에 묶여 있지 않은 국가는 없습니다. 그러나 그 족쇄를 가장 강력하게 거부하며 저항하는 국가가 바로 독일입니다. 프랑스와 러시아는 영국의 힘에 굴복했고 이제는 영국과 함께 독일을 공격하고 있습니다. 2백 년 전의 영국은 네덜란드의 강력한 경제력을 질투했고, 네덜란드와 전쟁을 벌일 이유를 찾고 있었습니다. 그때 영국의 한 제독이 이렇게 말했습니다. "전쟁의 명분이 필요하다고? 우리는 지금 네덜란드가 가지고 있는 경제적 지위를 가지고 싶어서 이러고 있는 것 아니었나? 그리고 그게 전쟁을 위한 명분 아닌가?" 그리고 이제는 독일이 그 논리에 당할 차례입니다.

1907년에 영국의 한 언론사는 이렇게 말했습니다. "독일이 멸망하지 않는 이상 영국은 성장할 수 없습니다." 그렇습니다. 영국은 프랑스, 러시아와 같은 편으로 참전하여 독일과 싸울 것입니다. 문제는 영국이 언제 참전할 것인가입니다.

어찌 되었든 칭다오에 주둔한 독일 해군 병력들은 출항 준비로 바쁘게 움직였습니다.

"주포 장전 완료!"

"어뢰 발사관 준비 완료!"

"엔진 정상 작동 중!"

"무선 통신 이상 없음!"

"긴급 수리팀 대기 중!"

"전원 준비 완료!"

그리고 나는 함장에게 보고했습니다.

"준비 완료되었습니다."

이제 우리는 시속 27km의 속도로 대한 해협을 통과하고 있습니다. 스시마 해전에서 패배한 러시아의 발트 함대가 잠들어 있는 그곳을 말입니다. 그러나 이 길은 우리에게도 똑같이 위험합니다. 때문에 인원의 절반씩 교대로 잠을 자기로 했습니다. 그리고 깨어 있는 선원들은 어뢰 발사관, 주포 구역, 함교 등 모든 구역에서 혹시 모를 일에 대비하고 있습니다. 나는 카를 뮐러Karl Müller 함장과 교대로 지휘소를 지켰습니다.

대한 해협을 통과한 이후에 엠덴은 북쪽으로 항해를 하기 시작했습니다. 그날 밤에는 달이 떠 있지 않았습니다. 그럼에도 우리는 불빛 하나 켜놓지 않고 항해를 했기 때문에 한 치 앞도 볼 수 없었습니다. 하지만 이것은 적들도 마찬가지였고 결과적으로 우리가 안전하게 항해를 할 수 있다는 뜻이었습니다. 다행히 조류가 우리와 같은 방향으로 흐르고 있어서 기관부를 저속 항해에 맞춰 놓았습니다. 우리 밑 바다는 녹조로 물들어 보석 같은 초록색으로 보였습니다. 때로는 밝은 빛을 내는 무언가들이 우리 옆을 지나갔고 보초들은 유보트가 출몰했다고 보고했습니다.[1]

카를 폰 뮐러Karl von Müller 함장(1873-1923)

----

1 유보트는 독일군의 잠수함만을 부르는 이름이 아니라 잠수함을 뜻하는 독일어 'Unterseeboot'를 줄인 말입니다. 때문에 다른 나라의 잠수함도 독일에서는 유보트라고 합니다. 예를 들어 러시아의 타이푼급 잠수함도 독일에서는 'Taifun-Klasse Unterseeboot'라고 부릅니다.

오전 4시에 나는 뮐러 함장과 교대를 했습니다. 나는 드디어 방으로 들어가서 잠을 자려고 침대에 누웠습니다. 그런데 잠이 들기도 전에 집결 명령이 떨어졌습니다.

첫날은 운이 좋았습니다. 왜냐하면 우리가 마주친 함정은 아무런 호위함 없이 항해하고 있었습니다. 곧이어 그 함정의 국적을 파악했습니다. 어디 소속이고, 무엇을 하는 함정인지는 불분명했지만, 확실한 것은 중립국 함정은 아니라는 것입니다. 때문에 우리 수병들은 상대의 바로 옆에 포탄을 떨어트렸습니다. 그럼에도 반응이 없자 우리는 추가로 두 발의 포탄을 그 함정 바로 옆으로 발사했습니다. 민간인을 죽이는 것은 국제법으로 금지된 행위이기 때문에 일부러 살짝 떨어진 곳에 사격했습니다.

결국 그 함정의 정체를 알아냈습니다. 러시아 상선이고 이름은 '라쟌'Rjesan이었습니다. 이 배는 원래는 민간 여객선이었는데 전쟁이 시작된 이후 군수물자를 나르는 수송선이 되었다고 합니다. 신기한 점은 이 상선이 독일 조선소에서 만들어진 녀석이라는 사실입니다.

잔잔하지 않은 바다에서 라쟌 호號의 물자를 전리품으로서 엠덴에 옮기는 일은 쉬운 일이 아니었습니다. 왜냐하면 전리품을 받으러 선원들을 보낼 때는 작은 구명보트에 태워서 노를 저어서 가야 했기 때문입니다. 그럼에도 작전은 성공적이었습니다. 우리 선원들은 각자 손에 마우저 C96 권총을[2] 들고 사다리를 이용해서 라쟌 호에 승선했습니다. 얼마 후에 라쟌 호에 달려 있던 러시아 국기는 내려지고 독일 제국의 국기가 올라왔습니다.

우리 함장은 이 러시아 상선을 격침하지 않고 독일군에 편입시키기로 했습니다. 이유는 라쟌 호가 전쟁 발발 직후에 포를 여럿 탑재했고 속도도 빠른 편이었기 때문입니다. 그렇게 결정한 이후 우리는 라쟌 호를 칭다오로 데리고 가기로 했습니다. 칭다오로 가는 길에 라쟌 호의 함장은 두 번이나 우리에게 항의했습니다. 그는 라쟌 호는 군함이 아니라 그냥 민간 상선이기 때문에 이를 독일군에 강제 편입시키는 것은 명백한 국제법 위반이라고 말했습니다.

하지만 라쟌 호는 상선임에도 포를 탑재하고 있었고, 이러한 함정은 국제법으로 군함으로 간주합니다. 그리고 군함은 전시에 한하여 강제 편입시킬 수 있다고 명시되어 있습니다. 그러니 라쟌 호 함장의 주장은 납득할 수 없는 것이었습니다. 자신의 주장이 무시당하자, 그는 꾀를 내어 칭다오 항구로 굳이 가야 한다면 최대한 빠른 길로 가자고 했습니다. 그러나 우리는 바보가 아니었고 그가 제안한 길은 러시아와 프랑스의 군함들과 마주칠 확률이 높은 길이라는 사실을 알고 있었습니다. 때문에 그의 제안을 거절했습니다. 얼마 후에 우리 함장은 라쟌 호의 함장에게 이렇게 말했습니다. "우리는 다른 곳으로 가야 하니 당신은 칭다오까지 알아서 가시오." 그리고 그에게 지정된 항로를 이탈

2　1896년부터 1937년까지 독일의 마우저사에서 100만 정 이상 제조된 반자동 권총.

하면 어떻게 되는지 경고했습니다. 그러나 그 후에 우리는 그에 관하여 아무 소식도 듣지 못했습니다.

신문을 통해 블라디보스토크에 러시아 함대뿐만 아니라 프랑스 동양함대도 함께 주둔하고 있다는 사실을 알게 되었습니다. 프랑스 주둔 병력들의 전력은 장갑순양함 '뒤플렉스 호'Dupleix와 '몽칼름 호'Montcalm 그리고 다수의 구축함들과 어뢰정이었습니다. 이들의 전력은 엠덴이 다시 블라디보스토크 근처에 오지 못하게 저지하고 있습니다.

한편, 우리가 코레아Corea(한반도/Korea)의 남쪽 바다에서 항해를 하고 있었을 때, 보초병이 소리쳤습니다. "후방에 일곱 개의 검은 연기 기둥 출현!" 사실 확인을 위해 함장은 나에게 함미 쪽으로 가보라고 했습니다. 나 또한 일곱 개의 연기구름을 보았습니다. 그리고 조금 후에는 군함의 상부 구조물 같아 보이는 무언가 또한 시야에 들어왔습니다. 이 사실을 함장에게 보고하자 그는 항로를 변경하라고 지시했습니다. 지시가 떨어지기 무섭게 배를 급선회하여 그곳을 떠났습니다. 다행히 칭다오까지 적 군함과 마주치지 않고 무사히 도착했습니다.

그 길에 우리는 로이터 통신Reuther Agency에서 보낸 전보를 받았습니다. 그들은 우리와 엠덴이 장렬히 전사했다고 보도했습니다. 아마 그 소식에 적국의 많은 이들이 안심하고 웃었을 것입니다. 그리고 우리도 그 소식에 안도하며 웃었습니다.

그날 밤 우리의 표적이 될 함정이 우리를 곤란하게 했습니다. 자연스럽게 그 함정과 엠덴의 불빛이 꺼졌습니다. 우리는 모두 무선 통신이 되기 때문에 명령을 전달할 수는 있었습니다. 하지만 이게 문제가 되는 이유는 우리의 명령이 잘 이행되고 있는지 육안으로 확인하기 매우 어렵기 때문입니다.

그 함정에는 유대계 러시아 여성들이 다소 탑승하고 있었습니다. 그들은 우리 독일인들이 무슨 야만적인 만행을 저지를까 두려워하고 있었습니다. 아마도 영국의 전쟁 선전과 관련이 있을 것 같습니다. 그들은 두려움을 달래려고 시도 때도 없이 불을 켰고 결국 그 상선의 함장이 전기 공급을 차단하기에 이르렀습니다. 그러자 그들은 직접 불을 피우려고 했습니다. 하지만 그것도 제지되었습니다.

우리가 칭다오에 도착한 시점에 라쟌 호는 완전히 개조되었습니다. 다행인 것은 라쟌 호가 러시아의 손에서 너무 늦기 전에 구조되었다는 겁니다. 조금만 늦었더라면 아마 독일의 우수한 기술로 만들어진 라쟌 호의 엔진은 정비도 받지 못하고 저질의 러시아 기술로 만들어진 연료로 오염이 되었을 것입니다. 개조가 끝난 라쟌 호는 17노트의 속도로 항해할 수 있었고, 엠덴에도 탑재된 4.1인치 함포가 8문 실렸으며, 이를 독일 수병들이 운용했습니다. 이제 라쟌 호는 SMS[3] 코모란S.M.S Cormoran

3 　독일어 Seiner Majestät Schiff의 약어로 영어의 His Majesty Ship에 해당하며, 독일 제국 군함을 가리킬 때 접두어로 쓰였습니다.

이라는 이름으로 다시 태어났습니다.

　같은 시각, 칭다오는 전쟁 준비를 위해 빠르게 요새화가 진행되고 있었습니다. 항구에는 기뢰가 설치되었고, 육지의 요새와 초소들에는 병력이 상시 배치되어 있었습니다. 또한 조선소에는 증기선들이 여럿 있었는데, 그들 중 일부는 장갑순양함, 급조 순양함과 같은 무장 함선으로 개조되고 있었습니다. 나머지는 석탄, 식량, 탄약 등의 물자를 운반하는 수송선으로 쓰일 예정입니다. 막시밀리안 폰 슈페Maximilian von Spee 제독으로부터 동양함대의 주력인 SMS 샤른호르스트Scharnhorst, SMS 그나이제나우Gneisenau, SMS 뉘른베르크Nürnberg, SMS 라이프치히Leipzig와 합류하라는 명령을 받았습니다. 때문에 우리는 동양함대가 기다리고 있는 남태평양으로 항해를 시작했습니다.

막시밀리안 폰 슈페Maximilian von Spee 제독
(1861-1914)

— 제2장 —

가자, 남쪽으로

우리 승조원들은 모두 바쁘게 움직였습니다. 긴 항해를 위해 밤새도록 준비 중입니다. 석탄을 최대치까지 적재했고, 포탄, 음식, 물 등의 다른 물자들도 가능한 한 많이 실었습니다. 그리고 나서 우리는 해가 뜬 직후에 다른 함선들과 함께 동양함대가 주둔해 있는 곳을 향해 출항했습니다.

칭다오에는 적은 수의 병력들만 있었지만, 우리의 적들인 러시아와 프랑스는 독일과 본토가 붙어 있기 때문에 유럽 전선에 병력이 집중되어 있습니다. 그 말은 칭다오는 그들의 공격으로부터 안전하다는 것입니다. 또한 칭다오에 육로를 통해 접근하려면 중립국인 중국의 영토를 지나서 가야 하니 칭다오를 육상 병력으로 함락시키기는 힘들 것입니다. 문제는 영국이 참전하면 일본도 참전을 할 확률이 높고, 일본은 칭다오에 해군으로 상륙 작전을 벌일 능력이 된다는 것입니다.[4]

....

4   1914년에는 일본 해군은 독일의 절반도 되지 않는 전력을 보유하고 있었습니다. 하지만 당시 독일 해군의 80% 이상은 유럽에 주둔하고 있었고, 그마저도 1915년부터는 영국과 프랑스의 해상 봉쇄 때문에 대부분의 시간을 항구에 갇혀 있어야 했습니다. 그러니 독일 해군이 다 떠난 칭다오를 일본이 점령하는 것은 쉬운 일이었습니다. 여담으로 독일의 해군이 영국 해군을 상대로 수상함으로 대규모 정면 대결을 한 전투가 없지는 않습니다. 유틀란트 해전

다시 엠덴 이야기로 돌아와서, 출항하기 조금 전에 엠덴의 승조원들은 다른 독일 함정들과 함께 동양함대에 합류하기 위해 갑판에 집결했습니다. 모든 수병들이 집결하자 우리 군악대는 '라인강의 수비'(Die Wacht am Rhein)를 연주했고 나를 포함한 모든 장교와 수병들이 합창을 시작했습니다. 연주가 끝나자, 사방에서 환호성과 박수 소리가 울려 퍼졌습니다. 그리고 지친 수병들의 사기도 올라갔습니다. 어떻게 보면 이것은 전시에 독일에 대한 독일인들의 헌신을 나타냈습니다.

조심스럽게 엠덴은 칭다오 근처에 설치된 기뢰들을 피해서 바다로 나왔습니다. 얼마 후에 해가 떴습니다. 그리고 뒤로는 칭다오 항구의 아름다운 풍경이 보였습니다. 이 경관을 자세히 설명하자면, 해안을 따라서 집들이 있고, 한쪽에는 은빛의 등대가 있습니다. 그 뒤에는 어린 나무들이 자라고 있는 언덕이 있으며 해가 뜨고 있을 때는 풍경이 분홍색으로 물듭니다. 그리고 오른쪽에는 잘 정돈된 병력 주둔지와 정부 건물들이 있습니다. 그 밑에는 빛나는 해변이 있습니다. 이 모든 그림 같은 모습은 자연의 아름다움과 독일의 건축 기술이 합쳐져서 나온 결과물입니다. 우리가 이 경치를 감상하고 있을 때 모두들 떠나고 싶지 않은 감정이 있었지만, 조국 독일은 우리를 부르고 있습니다. 그러므로 우리는 이 땅에 작별을 고했습니다. 우리는 이제 남쪽을 향해 가

....

이 그런 경우입니다. 유틀란트 해전은 독일 대양함대(독일 해군의 70% 이상의 함정이 포함된 독일의 주력함대. 독일어로는 Hochseeflotte)와 영국의 대함대(Grand Fleet)가 벌인 해전입니다.

고 있습니다.

우리는 SMS 마르코마니아 호Markomania와 함께 항해를 했습니다. 나머지 군함들은 다른 항로를 택했습니다. 이날 이후 마르코마니아 호는 우리와 오랫동안 함께 하게 되었습니다. 남태평양으로 가는 길에 우리는 영국이 독일에 선전포고를 했고 독일도 선전포고로 답했다는 소식을 들었습니다. 우리는 이런 상황을 예상하고 있었기 때문에 선전포고 자체에 놀라지는 않았지만, 우리는 영국이 이렇게 빨리 직접 참전한 사실에 놀랐습니다. [5]

영국 신문에 의하면, 우리가 칭다오를 떠났을 당시에는 영국과 일본은 참전하지 않은 상태였습니다. 하지만 러시아와 프랑스는 참전한 상태였고 우리가 영국 국기를 걸고 항해를 했기 때문에 탈출에 성공할 수 있었다고 합니다. 또한, 우리가 칭다오를 떠나는 길에 일본 순양함과 마주쳤을 때 그 순양함의 승조원들은 경례를 하며 엠덴을 환영해 주었다고 했습니다. 우리는 이 주장의 근거가 일본과 영국 함대의 순

5 　왜냐하면 영국은 과거 전쟁들에서는 직접 싸우지 않고 다른 국가들이 서로 싸우게 헤서 상대가 약해진 후에 참전을 하였기 때문입니다. 예를 들면 영국은 나폴레옹 전쟁에서 러시아, 오스트리아, 프로이센 등의 다른 국가들이 서로 싸우게 한 후에 마지막에 참전했습니다. 또한 크림 전쟁에서도 러시아가 오스만 제국과 싸우며 힘을 어느 정도 소진한 후에 프랑스와 함께 참전했습니다. 미국 내전(남북전쟁)의 경우에는 아예 남부 연합에 무기만 지원하고 참전은 하지 않았습니다. 물론 청나라와의 아편전쟁에서는 처음부터 참전했지만, 그것은 청나라가 당시에는 힘을 상실한 상태였고 영국만이 전쟁을 위한 명분이 있었기 때문입니다.

양함들이 일본 근처에 집결하기로 한 점이라고 추측합니다.

하지만, 어쨌든 간에 이 이야기는 말도 안 되는 소리입니다. 우리가 영국 국기를 걸어서 용맹한 엠덴을 욕보이는 행위를 했을 가능성은 조금도 없습니다. 또한 만약에 적들의 순양함과 마주쳤다면 우리는 반갑게 어뢰로 인사를 했을 것입니다.

1914년 8월 12일 오후, 우리는 집결지로 지정된 섬에 도착했습니다. 우리가 순양함 함대에 합류했을 때 우리 시야에는 동양함대 기함, 샤른호르스트 호, 그나이제나우 호가 석탄을 보급받고 있었습니다. 그 옆에는 조금 작지만, 엠덴보다는 큰 뉘른베르크 호가 석탄을 받고 있었습니다. 근처에는 장갑함으로 개조된 상선들이 있었습니다. 엠덴은 기함 옆에 정박하라는 명령을 받았습니다. 우리가 지나가는 길에 있던 아군들은 우리를 따뜻하게 환영해 주었습니다. 그 후에 우리는 지정된 장소에 가서 닻을 내렸습니다. 이것이 엠덴이 마지막으로 내릴 닻이라는 사실을 우리는 몰랐습니다. 우리 함장은 막시밀리안 슈페 제독이 있는 기함으로 가서 엠덴을 통상파괴작전[6]에 투입하여 동양함대가 독일로 갈 시간을 버는 계획을 제안했고 승인받았습니다.

6 통상파괴작전이란, 전시에 적국의 해상 교통로를 공격하여 적의 무역이나 보급을 방해 혹은 차단하는 작전입니다. 주로 사용된 함정은 순양함, 구축함과 같이 대양 작전이 가능하면서도 과감하게 소모할 수 있는 군함들이 있습니다. 그리고 제1차 세계대전 중반부터는 잠수함이 가장 많이 사용되었습니다. 전력이 열세였던 독일 해군이 특히 적극적으로 활용한 전략입니다.

다음 날, 동양함대는 일렬로 항해를 하고 있었습니다. 그리고 우리는 "엠덴은 떠나라, 행운을 빈다!"라는 수기 신호를 받고, 대열에서 이탈했습니다. 떠나며 우리는 "응원 감사합니다!"라는 수기 신호로 답했습니다. 얼마 후에 우리는 "마르코마니아 호가 엠덴과 함께할 것이다"라는 신호를 받았습니다. 우리는 동양함대의 반대 방향으로 항해하고 있습니다. 그게 아니어도 우리는 다시는 만나지 못할 확률이 높다는 것도 잘 알고 있습니다.

우리의 작전 지역까지 가는 길은 멀었습니다. 특히 우리는 일본이 아직 참전을 했는지 아닌지 알 방법이 없었으므로 천천히 조심스럽게 항해를 했기 때문에 더 오래 걸렸습니다. 물론 몇 주 전까지는 일본에 독일 통신기지가 있었지만, 현재는 영국 해군에 의하여 폭파당한 상황이었습니다.

몇 주 후에 우리는 같은 독일 상선인 앨리스공녀 호Princess Alice를 만났습니다. 우리는 물자를 얻은 후에 항해를 계속했습니다. 그 친구는 마닐라를 향해 갈 길을 갔습니다. 얼마 후, 우리는 또다시 아군을 만났습니다. 그쪽은 SMS 가이아Geier라고 하는 작은 경장갑순양함이었습니다. 일본에 있던 독일의 통신기지가 폭파된 탓에 가이아 호도 우리에게 일본의 참전 여부에 관한 정보를 줄 수 없었습니다. 우리는 짧은 시간 동안 같이 항해를 하며 서로 알고 있는 정보를 교환했습니다. 그

후 가이아 호는 우리가 떠나온 함대와 합류하기 위해 동쪽으로 뱃머리를 돌렸고 우리는 작전 지역인 남쪽으로 항해를 계속했습니다.

그 후 며칠은 매우 힘들었습니다, 적이 어디에서 나타날지 모르므로 계속 전투태세를 유지해야 했고, 때문에 잠시도 휴식을 취할 수 없었습니다. 설상가상으로 근처에는 아군 항구는 물론 아군 함정도 마르코마니아 호를 제외하면 하나도 없었습니다.

항해 중에 우리는 일본 상선을 발견했는데, 그 상선은 우리를 보고 경례를 했습니다. 우리는 전에 영국 신문에서 본 내용이 생각나서 이상하게 생각했지만, 일본의 참전 여부에 관하여 확실한 정보가 없었기 때문에 우리는 그 상선을 공격하지는 않았습니다. 그렇다고 경례를 받아 주지도 않았습니다. 아마 그 상선은 우리를 영국 상선으로 착각했던 것 같습니다. 하지만 그때는 몰랐습니다, 우리가 이 상선을 공격했어야 했다는 것을 말입니다.

인도양으로 가기 위해서 우리는 좁은 물길들을 따라서 갔습니다. 이곳에는 어선들과 작은 배들이 가득했습니다. 우리 함장은 이 작은 배들이 우리의 위치를 적들에게 보고할 것 같다며 걱정했습니다. 독일 국기를 게양하지 않아도 엠덴과 같은 독일군 순양함들은 굴뚝이 세 개, 영국 순양함은 두 개 혹은 네 개가 있어서 민간인들도 쉽게 구분할 수 있습니다. 그러니 우리 함장의 걱정은 언제든지 현실이 될 수 있었습니다. 그 순간 나는 기발한 생각이 떠올랐습니다. 그냥 엠덴에 굴뚝을 하나 더 만들어서 네 개로 만들면 독일 국기를 걸지 않는 한 우리가 독일군이라는 것을 알 사람은 없을 것입니다.[7]

네 번째 굴뚝을 만들기 위해 나는 선원들에게 항구에 정박할 때 갑판을 덮어놓는 천을 가져오라고 했습니다. 이 천들은 가로, 세로 각각 2미터 정도 되는데 이것들과 함에 있는 목재를 가지고 굴뚝을 하나 더 만들 계획이었습니다. 선원들과 나는 이 자재들로 가짜 굴뚝을 하나 만들었습니다. 당연히 모양만 만들었기 때문에 연기가 나오지 않았고 앞쪽에서 보면 구멍이 크게 뚫려 있는 등 아쉬운 부분들이 많이 있었습니다. 이런 점들을 해결하기 위해 나는 함장에게 시간을 조금만 주면 훨씬 그럴듯한 4번 굴뚝을 만들 수 있을 것 같다고 제안했고, 승인을 받았습니다. 다음날부터 나는 선원들과 함께 4번 굴뚝을 다시 만드는 작업에 들어갔고, 얼마 후에는 정말로 영국 순양함의 굴뚝처럼 생긴 4번 굴뚝이 탄생했습니다. 굴뚝을 추가한 엠덴은 영국의 HMS 야머스Yarmouth를 매우 닮았습니다. 그 후에 마르코마니아 호에게서 원거리에서의 모습을 보고받으며 4번 굴뚝을 더욱더 개선하였습니다. 이런 방식으로 우리는 1914년 9월을 무사히 맞이할 수 있었습니다.

....

7　자국 국기 대신 중립국 혹은 적국의 국기를 거는 것은 국제법 위반입니다. 하지만 자국 국기를 걸지 않는 것은 전시에 허용됩니다. 또한 군함을 민간 선박으로 위장하는 것은 금지되었지만, 군함에 추가 구조물을 더하는 것은 합법입니다.

우리는 작전 지역인 벵골만에 도착했습니다. 그 후에 우리 주변에 HMS 미너토어Minotaur 호로 추정되는 영국 순양함이 나타났습니다. 그러나 우리는 그 함정의 무선 통신을 엿듣기만 했고, 실제로 조우하지는 않았습니다. 얼마 후에는 그 무선 통신이 감지되지 않았습니다.

제3장

통상파괴작전

우리가 다음 상대를 마주친 것은 같은 해 9월 10일 밤이었습니다. 상선을 한 척 발견했고 자세히 보려고 조용히 거리를 좁혔습니다. 우리 함장은 100미터까지 거리를 좁히라고 명령했습니다. 그 상선은 아무 것도 모른 채 평화롭게 항해 중이었습니다. 심지어 아무렇지 않게 불빛도 켜 놓고 있었습니다. 그러다 갑자기 우리 함장이 확성기를 통하여 소리를 질렀습니다. "당장 배의 엔진을 멈춰라! 무선 통신을 하지 말고 기다려라! 배를 보낼 거다!"

그러나, 그 상선은 평화롭게 항해를 계속하였습니다. 아마 영국과 프랑스의 식민지로 둘러싸인 인도양 한가운데에서 독일군을 만날 것이라고는 상상도 하지 못했던 것 같습니다. 아니면 전설 속 바다의 신이 말하는 소리라고 생각했을 수도 있습니다. 그래서 상황을 설명하기 위해 우리는 4.1인치 철갑탄의 도움을 받기로 했습니다. 이 방법은 잘 통했고 그 상선은 멈췄습니다. 그리고 우리의 명령을 따르기로 했습니다. 그 이후 열 명 남짓한 수병들을 태운 보트 하나가 그 상선을 향해 출발했습니다.

그러나 좋지 않은 소식이 들렸습니다. 바로 이 상선이 중립국 그리스의 상선이고, 이름은 폰토포로스Pontoporros라는 것입니다. 이 소식이 우리에게 좋지 않은 이유는 이 상선은 중립국 상선이고, 그 말은 격침할 수 없다는 것인데, 그러면 이 상선이 모항으로 돌아가서 독일군이 인도양에 있다는 사실을 모두가 알게 된다는 것입니다. 이렇게 되면 우리가 파괴해야 하는 적의 상선들이 모두 도망갈 것입니다.[8] 다행히 상대인 폰토포로스 호는 영국으로 가는 석탄을 적재하고 있었습니다. 그 말은 실질적으로 중립국 상선으로 간주되지 않는다는 뜻입니다.

폰토포로스 호가 운송하던 석탄을 우리는 마르코마니아 호의 화물칸에 적재했습니다. 두 가지 아쉬운 점이 있었습니다. 첫 번째는 이 상선에 있던 석탄은 인도에서 온 석탄으로 힘도 약하고, 연소 후에 이물질이 많이 남는 저질품이라는 점입니다. 두 번째는 이 상선에 비누가 없다는 점입니다.

우리는 칭다오에서 출발할 때 필요한 것은 최대한 챙기려고 했습니

---

8   특히 엠덴은 화력은 4.1인치 함포가 주 무장이므로 전함들의 12, 14, 15인치 함포는 물론, 다른 순양함들의 6.1, 8, 11인치 함포에게도 열세입니다. 거기다 엠덴은 구식 경순양함이기 때문에 장갑도 자신의 주포 정도만 버티고, 그 이상의 함포는 한두 발도 버티기 힘듭니다. 물론 엠덴이 독일 동양함대의 군함들 중에 가장 빠르기는 하지만, 여전히 23.5노트 정도로 당시의 최신 순양함들의 30노트에 비하면 매우 느린 편입니다. 달리 말하면 엠덴은 인도양에 있는 군함들과 비교해서 중간 정도의 성능을 보유하고 있습니다. 자신보다 약한 군함과의 전투 후에 항해는 어느 정도 가능하겠지만, 전투를 할 수 없을 정도의 피해를 입을 확률이 매우 높습니다.

다. 그러나 항해 초기에 모두가 매일 씻을 수 있는 양의 비누를 보유하고 있었던 것과는 다르게, 6주가 지난 지금은 장교들만 가끔씩 씻을 수 있는 상황입니다. 때문에 우리 승조원들 모두 위생적이지 못했습니다. 그 사실에 나는 매우 실망하며 함장에게 비누를 실은 상선을 찾아야 한다고 하소연했습니다. 그 모습을 본 함장은 웃으며 그렇게 하겠다고 말했습니다. 얼마 후에 그는 약속을 지켰습니다.

9월 7일, 우리는 한 영국 상선과 마주쳤습니다. 흥미롭게도 그 상선이 우리 4번 굴뚝을 보고 우리를 아군으로 오인해서 먼저 접근한 것입니다. 우리는 우리가 독일 제국 국기를 걸고 인사하며 그 상선을 우리 선단에 편입시켰을 때 그 상선의 선장이 보일 반응을 상상하며 웃었습니다.

그 상선은 인도의 캘커타Calcutta(오늘날 콜카타)에서 출발한 후에 스리랑카의 콜롬보Colombo에 있는 영국 군인들을 태우고 프랑스로 가는 중이었습니다. 이름은 카비그나Cabigna. 이 배에는 군인뿐만 아니라, 군수물자와 생필품들도 풍부하게 실려 있었습니다. 그중에는 우리에게 필요했던 비누도 우리 승조원 전부가 1년 동안 사용하고도 남을 만큼 있었습니다. 이것은 영국인들이 위생을 매우 중요하게 생각한 덕분이었습니다. 이 상선에는 멋진 경주용 말도 하나 있었는데, 이 친구는 하는 수 없이 안락사시켰습니다. 그렇지 않았다면 이 말은 우리가 상선을 격침하는 과정에서 같이 물에 빠져 익사할 확률이 높았기 때문입니다.

이 상선의 승조원들은 반강제적으로 우리의 시종 역할을 하고 있는 상선(폰토포로스 호)으로 옮겨 탔습니다.

그 후 며칠 동안 우리는 매우 효과적으로 작전을 수행했습니다. 하나, 상선을 발견한다. 둘, 그 상선을 멈춰 세운다. 셋, 보트를 이용해 그 상선에 장교 한 명과 수병 열 명을 보낸다. 넷, 그 상선에 있는 사람들이 모두 탈출한 후에 격침, 혹은 아군에 편입시킨다. 평균적으로 이런 순서로 작전이 진행됐습니다. 우리는 국제법에 따라 민간 상선의 승조원들을 안전하게 탈출시키고 나서 그 배를 격침할 수 있었습니다. 그러나 거의 항상 우리가 이런 임무를 수행하고 있는 중간에 다른 상선이 수평선에 나타났습니다. 그리고 임무를 마치자마자 우리는 수평선에 나타난 그 상선을 추격했습니다. 주로 상선들은 시속 15노트 정도가 최대 속력이었으므로, 엠덴의 시속 23노트에 얼마 못 가서 따라 잡히기 마련입니다. 일단 그 상선이 우리의 유효 사거리 안에 들어오면 우리는 그 상선 근처에 4.1인치 포탄을 발사해서 그 상선을 정지시킵니다. 그리고 나서는 조금 전에 기술한 절차가 진행됩니다.

이런 방식으로 우리는 한 번에 여섯 척의 상선을 데리고 다닌 적도 있었습니다. 그 여섯 척은 처음부터 우리와 함께한 마르코마니아, 우리에게 석탄을 보급해 주는 폰토포로스, 그리고 우리를 아군으로 착각해서 잡힌 카비그나 호가 있었습니다. 나머지 상선들은 전날 저녁까지는 있었는데, 밤사이에 도망쳤습니다. 우리가 우리 선단에 편입시킨 상선의 사람들은 각자 다른 국적을 가지고 있었지만 서로 잘 어울리는 것 같아 보였습니다. 다행히 그들은 힘을 합쳐 우리를 공격하려는 시도를 하지는 않았습니다. 이후에 우리는 스리랑카의 실론Ceylon에서 인도의 캘커타 사이에 있는 지역 전체를 돌아다녔습니다. 그 결과 이 지역 해운을 완전히 마비시켰습니다.

카비그나 호에는 선장의 가족들이 있었습니다. 그리고 우리가 그 상선을 격침할 것이라고 생각한 그 선장은 호신용으로 웨블리 마크 4Webley Mk IV[9] 한 정만 가지고 가게 해달라고 사정했습니다. 나는 그 선장에게 그의 상선을 격침할 생각이 없다고 했습니다.

그 말을 듣고 그 선장은 이상할 정도로 감사함을 적극적으로 표현했습니다. 그는 나에게 이 감사함은 이 세상 어떤 언어로도 표현할 수 없을 정도로 크다고 말했습니다. 이어서 그는 이 상선을 관리하던 엠덴의 승조원들에게도 인간적으로 대해줘서 너무 감사하며, 훌륭한 우리 함장에게 전해 달라며 나에게 편지 하나를 주었습니다. 그의 부인도 나에게 수없이 감사하다는 말을 했으며, 내 우비가 오래돼서 새것을 하나 가져갈 수 있는지 물어보자, 선장의 우비를 나에게 주었습니다. 또한 우리 승조원들의 담배가 바닥났다는 사실을 눈치채고 자기네 상

....

9 제1차 세계대전 당시 영국군의 제식 권총

선에 있던 담배를 최대한 많이 가져가라고 했습니다.[10] 여담으로 나는 이 담배를 예의상 거절했지만, 수병들은 매우 아쉬워했습니다.

얼마 후, 우리는 상선을 석방했습니다. 떠나기 전에 그 상선에 탑승한 사람들 모두가 갑판에 집결한 후에 세 차례 만세를 외쳤습니다. 하나는 엠덴을 위해, 또 하나는 우리 함장을 위해, 그리고 마지막은 우리의 장교들과 승조원들을 위한 것이었습니다.

이후에도 우리는 포로들을 풀어 줄 때 항상 만세삼창을 받았습니다. 영국인들은 야만인들로 알고 있었던 독일인들이 국제법을 철저히 지키는 친절한 신사들이라는 사실을 알고 1차로 충격을 받았습니다. 그리고 자신들이 그토록 믿고 있던 정부가 말도 안 되는 거짓 선전을 자국민들에게 자행했다는 사실에 2차로 충격을 받았습니다. 우리는 편입시킨 상선을 격침하기 전에 그 상선의 선원들이 필요한 물건들을 챙기고 떠날 준비를 할 수 있게 충분히 기다려 주었습니다. 그 때문인지는 모르겠으나, 영국인들도 우리가 자신들의 상선을 격침할 때가 왔다는 사실을 알고 나서도 그다지 저항하지 않았습니다.[11]

....

10　1차 세계대전 당시에는 담배가 해롭다는 사실이 밝혀지지 않았습니다. 그리고 현재도 군대에서 담배를 피우는 것이 금지되지 않은 국가가 많이 있습니다.

11　생각해 보면 이 상황은 소름 돋는 상황일 수 있습니다. 영국의 거짓 선전이 독일인을 아무나 학살하는 악마로 묘사하는 것이 영국인들에게 얼마나 큰 영향을 미친 것인지 알 수 있기 때문입니다. 그래서 진실을 알게 됐을 때 저런 반응이 나온 것입니다. 물론 독일군이 전쟁 중 범죄를 저지르기도 했지만, 영국도 마찬가지였기 때문에 누가 더 잘못했는지 따지기는 어렵습니다. 하지만 한 가지 확실한 것은 엠덴의 승조원들과 장교들은 국제법을 철저히 준수하며 통상 파괴 작전을 벌였다는 것입니다.

우리가 편입시킨 상선들의 한 가지 공통점은 떠날 때까지 하루 남은 상선에 있는 술은 항상 다음날이 되면 사라졌다는 점입니다. 그리고 떠나는 당일 선원들은 의식이 없이 돌아다니는 존재들로 변해 있었습니다.

평균적으로 영국인들은 자신들의 이익에 큰 관심이 있었습니다. 그러므로 그들은 우리의 통상파괴작전을 자신들의 경제적 라이벌들에게 타격을 입히는 용도로 사용하려고 별수를 다 썼습니다. 예를 들면 어떤 선장은 우리에게 ○○이라는 상선을 아느냐고 물어봤습니다. 우리가 모른다고 대답하자 그는 그 상선은 지금 남쪽으로 두 시간 거리에 있다고 했습니다. 덕분에 우리는 그 상선의 이름을 알게 되었고, 동시에 중립국 상선인지 아닌지 알 수 있었습니다. 이후에는 적의 상선일 경우 높은 확률로 녀석을 우리 선단에 편입시키는 데 성공했습니다. 전에 말했던 것같이 주로 상선들의 최고 속도는 15노트, 엠덴의 최고 속도는 23노트입니다, 그러니 한 시간에서 두 시간 거리에 있는 상선은 몇 시간 안에 추격에 성공한다는 뜻입니다.

여담으로 한 선장은 영국에서 호주까지 양동이 준설선[12]을 타고 가다가 우리에게 잡혔습니다. 어떤 뱃사람도 이런 함정에 탄 사람을 불쌍하지 않다고 생각하지 않습니다. 왜냐하면 양동이 준설선들은 바다

12   bucket dredger. 기계식 준설선의 하나. 버킷의 연속 체인이 장착된 고정식 준설선입니다.

밑에 있는 자원들을 캐는 해상 굴착기 같은 것인데, 최대 속도가 5노트 이하이기 때문에 장거리 항해 시 승조원들의 피로가 상당합니다. 그래서인지 그 배의 선장은 우리에게 잡혔을 때 기뻐하며 펄쩍 뛰었습니다. 나는 우리에게 편입 당한 상선의 그 누구도 이렇게 행복해하는 것을 본 적이 없습니다. 이렇게 흔들리는 배에서 뛰었다가 무사히 착지하는 것을 보면, 그는 뛰는 데 재능이 있었던 것 같습니다. 얼마 후 그 선장은 "하느님, 감사합니다!"라고 외치며 눈물을 흘렸습니다.

　뱃사람의 입장에서 자신의 배가 눈앞에서 침몰하는 것은 비극입니다. 때문에 우리는 상선이 빠르게 침몰할 수 있게 최대한 노력했습니다. 그러기 위해 우리는 병사를 보내서 격침할 상선의 해수 밸브를 열고, 물이 빠른 속도로 들어오게 했고, 기관부로 향하는 문들은 열어 두었습니다. 그리고 폭탄을 상선의 앞과 뒤에서 터트렸습니다. 그러고 나서 4.1인치 포탄을 발사하였습니다. 그러면 상선은 앞뒤로 요동치다 서서히 바다 밑으로 사라졌습니다. 이 모습은 마치 보이지 않는 손들이 상선을 바다 밑으로 끌고 가는 것 같았습니다. 잠시 후에 바다가 상선을 완전히 집어삼키기 무섭게 소용돌이가 생겼고, 높이가 몇 미터에 달하는 거대한 물기둥이 잇따랐습니다. 그리고 몇 분 후 잔해들이 물 위로 떠 올랐습니다.

　우리가 석방한 영국인들은 주로 매우 감사한 마음으로 떠났습니다.

우리는 앞서 말했듯이 그들의 상선을 격침하기 전까지 시간을 충분히 주었습니다. 그들은 소중한 물건들을 챙기고 마음의 준비를 하며 그 시간을 사용했습니다. 그렇게 영국 땅으로 돌아간 영국인들은 독일인들이 자신들을 친절하게 대해 주었고 악마가 아니라는 사실을 알렸습니다. 물론 아직은 대부분의 영국인들이 독일인에 관한 진실을 모릅니다.

덕분에 엠덴은 현존하는 함정 중에서 가장 유명한 함정이 되었습니다. 최소한 우리가 인도양에서 발견한 신문들은 엠덴의 이야기로 도배되어 있었습니다. 냉정하게 말하자면 영국인들은 이 전쟁을 자신들에게 큰 위협이 될 사건으로 생각하지 않습니다. 반대로 독일인들은 이 전쟁이 자신들과 직접적으로 관련이 있는 사건이라고 생각합니다.[13]

다시 본론으로 돌아와서 영국인들은 그동안의 전쟁들을 자신들의 일이 아니라 제삼자의 입장에서 보기 때문에 전쟁에서 적과 아군의 장단점을 알고 있었습니다. 덕분에 그들은 자신들에게 이득이 될 선택을 하기 쉬운 상황에 설 수 있었습니다. 어찌 됐든 현재 우리가 접한 신문

....

13   영국은 본토가 대륙과 떨어져 있습니다. 그리고 해군이 강력했기 때문에 독일군이 직접 영국 본토에 공격을 가할 수 없다고 생각했기 때문입니다. 당시에는 상대의 후방을 공격하는 전략 폭격이라는 개념이 존재하지 않기 때문에 이해는 갑니다. 1915년에 독일군이 런던에 비행선 폭력을 감행하기 전까지는 말입니다. 그런데 영국인들이 자신들의 해군이 자신들을 지켜 줄 수 있다는 것을 알면서도 독일 해군의 팽창이 영국을 공격해서 멸망시킬 것이라고 하며 전쟁을 준비한 것은 매우 모순적입니다.

들은 온통 우리 함장과 엠덴을 찬양하고 있었습니다. 우리 함장을 '신사 함장'이라는 애칭으로 불렀으며, 우리의 활동에 관해서는 "그들은 역사의 한 장을 써 내려가고 있고, 그 임무를 충실히 수행하고 있습니다."라고 평가했습니다.

우리는 나포한 상선들의 인원을 인도적으로 대하려고 항상 노력했습니다. 심지어는 식당으로 비교하자면 소위 말하는 진상짓 같은 부탁을 받은 경우도 있었습니다. 자세히 설명하자면, 우리가 한 상선을 격침하려고 하는데 어느 영국 청년이 나에게 와서 자신에게 가장 소중한 물건을 찾아 달라고 애원했습니다. 그런데 흥미롭게도 그 물건은 평범해 보이는 작은 톱니바퀴 같은 부품이었습니다. 격침 준비가 빠르게 진행되고 있는 상선에서 작은 톱니바퀴를 찾는 일은 대양에서 엠덴 찾기와도 같은 일이었습니다. 그러나 우리는 그 물건을 찾아 주었고, 행복해하는 물건의 주인과 함께 상선을 떠났습니다.

앞서 언급한 청년과는 다르지만, 여전히 흥미로운 사례의 영국인이 한 명 더 있었습니다. 그는 이 지역의 교통을 쥐락펴락하는 인물이면서 콧대가 높은 부자이기도 했습니다. 그리고 그는 전쟁이 터지고 나서 자신이 소유하고 있던 상선 일부를 영국 정부에 헌납하기 위해 항해 중이었습니다. 하지만 그 상선들은 영국 정부가 아닌 독일 해군의 어떤 경순양함과 함께하게 되었습니다. 우리가 그의 상선들을 격침할

준비를 하는 동안에 그는 자신의 귀중품들을 가방에 담으며 우리를 신경질적으로 대했습니다.[14]

그 영국 선장은 포로가 되었음에도 매우 거만한 태도였습니다. 자세히 말하자면, 상선의 함교 계단을 팔자걸음으로 올라간 후에, 입에는 파이프(담배)를 물고, 양손을 주머니에 집어넣은 상태였습니다.[15] 그러한 자세로 갑판에서 일하고 있는 독일인 수병들을 노려보았습니다. 자신의 가방들에 관해서는 나중에 생각해 보고 우리에게 어떻게 할지 명령을 할 계획인 것같이 보였습니다.

격침 준비가 된 후에도 그는 자신만의 세상에 있었습니다. 그러므로 우리는 그에게 빨리 내려오라고 소리를 질렀습니다. 돌아온 것은 귀찮아하는 손짓이었습니다. 여담으로 우리에게 돌아온 귀찮은 손짓은 그 선장이 함교에서 담배에 불을 붙인 이후 처음으로 손을 주머니에서 꺼내도록 했습니다. 이후 그는 자신의 가방 더미를 가리키며 우리더러 옮기라고 명령을 했습니다.

하지만 우리는 손짓의 의미를 잘못 알아들었고, 그에게 상선이 격침되기 전에 짐을 빨리 가지고 내려오라고 답했습니다. 이 말을 듣고 나서 그는 마지못해 가장 중요한 물건들만 들고 함교에서 내려왔습니다.

....

14 저는 이것이 편견이라고 생각하지만, 헬무트 폰 뮈케Hellmuth von Mücke 대위는 영국인들은 경제적인 손실에 관해서는 매우 예민하고 쉽게 화를 내는 민족이라고 주장합니다.

15 옮긴이는 그의 모습이 마치 1945년 일본을 점령한 맥아더 장군의 모습과 비슷할 것이라고 추측하고 있습니다.

동시에 그는 영국인으로서의 자부심도 내려놓았습니다. 나머지 짐은 우리가 옮겼는데, 그러는 도중에 어떤 수병들은 주머니에 손을 넣고, 담배를 피우며 그를 따라다녔습니다.

우리가 칭다오를 떠났을 당시 준비한 물자들은 바닥난 지 한참 되었습니다. 그러나 친절한 영국인들이 물자가 가득한 상선들로 우리를 따듯하게 환영해 주었기 때문에 우리는 굶을 걱정을 하지는 않아도 되었습니다. 심지어 엠덴에 적재할 수 있는 것 이상으로 물자를 실은 상선들도 허다했기 때문에 아깝지만 버리는 경우도 있었습니다. 하지만 다행히도 우리 승조원들은 이것저것 잘 먹었기 때문에 다른 물자는 바다에 자주 버려져도, 식량의 경우는 대부분 우리 승조원들의 뱃속으로 들어왔습니다.

독일 군법에 의하면 통상파괴 작전 중에 노획한 물자들은 다시 적의 손에 들어가기 전에 파기해야 했지만, 우리는 식량을 먹어서 없앴습니다. 왜냐하면 병사들이 잘 싸우려면 잘 먹어야 한다는 사실을 알고 있었기 때문입니다.[16]

얼마 후에 우리는 불청객을 만났습니다. 로레다노Loredano 호라는 선

……………

16　평균적으로 장시간 항해를 하면 물자가 부족해지기 마련인데, 엠덴은 교통의 요충지에서 통상 파괴 작전을 수행했기 때문에 자원이 부족해지기 전에 적국을 통해서 물자를 보급받을 수 있었습니다.

박이었는데, 자신을 이탈리아 선박이라고 주장했습니다. 우리는 이 상선의 국적을 확인하려 했으나 국기가 너무 더러워서 국적을 알아낼 수 없었습니다. 이탈리아는 중립국이고 우리는 이 상선의 국적을 확인할 방법이 없었기 때문에 그냥 보내주었습니다. 그리고 그 상선을 무시하고 우리 할 일을 했습니다. 그러나 다른 불쌍한 상선 몇은 운명을 달리했습니다(격침되었습니다). 그리고 우리는 우리 갈 길을 갔습니다.

그 후에 뒤를 돌아보니, 우리가 건드리지 않은 그 이탈리아 상선은 우리가 좀 전에 격침한 상선들이 있던 자리에 남은 잔해들 중에서 쓸 만한 것을 찾고 있는 것 같았습니다. 그리고 자세히 보니, 그들은 격침된 상선들의 잔해 사이에서 찻잎이 들어 있는 상자들을 건지고 있었습니다. 처음에 우리는 그들이 이곳에 존재하지도 않는 스파게티를 찾고 있는 줄 알았습니다.

우리는 이들이 우리가 격침한 상선들의 화물을 건지는 것을 딱히 상관하지 않았습니다. 어차피 우리가 버린 물자입니다. 그러나 그 '중립국' 상선은 무선 통신으로 우리의 위치를 모두에게 알렸습니다. 이것은 명백한 국제법 위반입니다. 왜냐하면 중립국은 간접적으로도 전투 행위를 할 수 없기 때문입니다.[17]

17 중립국도 참전국과 무역을 할 수는 있지만 그런 경우에는 참전국 화물을 적재한 상선은 중립 상선으로 취급하지 않습니다. 하지만 승조원들은 여전히 민간인이기 때문에 그들을 공격할 수는 없습니다.

어쨌든 우리의 위치가 발각되었으니 곧 있으면 영국군이 엠덴을 격침시키기 위해서 이곳으로 몰려올 것은 확실합니다. 그게 아니어도 며칠 동안 적국의 상선들이 하나도 보이지 않았습니다. 때문에 우리는 새로운 작전지인 랑군Rangoon(오늘의 양곤, 미얀마의 옛 수도)을 향해서 항해를 시작했습니다.

그러나 새로운 작전 지역에도 적국 상선은 없었습니다. 나중에 이유를 알게 되었습니다. 함대를 통한 엠덴 사냥뿐만 아니라, 영국 정부가 엠덴으로 인한 피해를 줄이기 위해 인근 지역에서 모든 상선에게 항해 금지령을 내렸다는 사실을 말입니다.

좋은 소식도 있었습니다. 우리의 활약이 널리 알려졌기 때문에 어떤 노르웨이 증기선을 우리와 당분간 함께하자고 설득하는 데 성공했습니다. 덕분에 오랫동안 우리와 함께하며 여러 국적의 승조원들로 가득찬 상선들을 보내 줄 수 있었습니다.

우리는 랑군으로 작전지를 변경했기 때문에 일주일 동안 한 번도 적들에게 발각되지 않았습니다. 그러므로 영국 정부는 드디어 엠덴이 자신을 추격하던 16척의 군함 중 하나를 만나서 격침되었다고 선언했습니다. 무역을 재개하기 위해 기다리던 영국 상선들에게 안심하고 항해해도 된다고 덧붙였습니다.

당연하지만 안타깝게도, 우리는 이 사실을 모르고 있었고 나중에 영국 신문을 노획해서 알아냈습니다. 그 이유는 우리 근처에는 상선이 하나도 없었기 때문입니다. 그래서 우리는 기존 작전 지역인 인도 동쪽 해역으로 돌아왔습니다. 한술 더 떠서 우리 함장은 마드라스Madras(오늘의 첸나이. 인도) 근처의 영국 유류 저장고를 내버려두지 않기로 했습니다.

9월 18일에 우리는 마드라스 항구에 입항했습니다. 이는 영국 정부가 엠덴이 격침되었다고 선언한 지 하루밖에 지나지 않은 시점이었습니다. 때문에 이곳의 사람들은 경계를 낮춘 상태였습니다. 또한 이곳 사람들은 엠덴 격침을 축하하기 위해 파티를 열고 있었습니다. 그러나 우리는 이곳을 파티장이 아닌 적군의 집결지로 오해했기 때문에 포격을 감행했습니다. 아마 그날 파티에 참가한 영국인들은 4.1인치 포탄 맛이 나는 국을 먹은 것 같습니다.

만약에 이곳이 파티 장소라는 것을 알고 있었다면 공격 날짜를 나중으로 변경했을 것입니다. 왜냐하면 불필요한 공격은 전시에도 예의가 아니기 때문입니다. 또한 영국인들이 가장 방해받기 싫어하는 시간 두 가지가 차를 마시는 시간과 저녁을 먹는 시간이기도 하니 말입니다.

하지만 이왕 쏟은 물, 그냥 더 어지럽히기로 했습니다. 우리는 마드라스 항구에 3km 거리까지 접근했습니다. 그럼에도 별다른 반격이 없었습니다. 오히려 그곳의 조명이 우리의 표적들을 환하게 비춰 주었습니다.

그리고 우리는 목표를 정했습니다. 영국의 중유 저장고가 그 목표였습니다. 다음 순간, 우리의 포탄 다섯 발이 명중했고, 마드라스 항구는 곧바로 불길에 휩싸였습니다. 순식간에 검은 연기가 하늘을 덮었습니다. 이런 과감한 도전을 성공시킴으로써 우리는 막대한 양의 물자를 파괴하여 영국에게 수백만 파운드의 손해를 입혔습니다. 아마 영국은 한동안 이 지역에서 군사작전을 벌이기 힘들 것 같아 보입니다.

그러나 우리가 성공을 기념할 시간도 없이 우리 근처에 포탄이 몇 발 떨어졌습니다. 그 포탄들은 우리가 방금 공격했던 마드라스 항구에서 우리에게 발사한 것으로 보였습니다. 우리에게 다행인 점은 마드라스 항구에는 적은 수의 해안포들만이 있었기 때문에 한 번에 많은 포탄을 날릴 수 없었다는 것입니다. 더구나 그 해안포들의 명중률은 매우 형편없었습니다.

어쨌든 간에 우리는 모든 불을 끄고, 최대 속력으로 탈출했습니다. 포격의 정확한 방향은 알 수 없었지만 마드라스 항구에서 발사된 것이라 짐작됩니다.[18] 마드라스 항구의 해안포들은 탐조등을 켜고 우리를

------

18 1차 세계대전 당시에도 신형 군함들과 전함들은 함교에서 군함의 모든 부분을 볼 수 있었습니다. 특히 전함의 경우 당시 해전에서는 포격전이 주된 전투방식이었는데 사격통제장치가 발달하지 않았고 레이더 기술 또한 부족했기 때문에 상대 군함의 존재를 육안으로 확인하고, 목표물의 앞쪽과 뒤쪽에 포탄을 조금씩 쏘면서 대략적인 정보를 얻었습니다.

찾고 있었습니다. 그리고 우리는 그들과 반대되는 전략을 펼치고 있었습니다. 쉽게 표현하자면, 그냥 불을 끄고 도망가고 있다는 뜻입니다. 도망가면서도 우리는 포격을 개시했습니다. 충분히 적에게 피해를 입혔다고 생각이 되었을 때에는 모든 불을 끄고 도망쳤습니다. 마드라스 항구와 충분한 거리를 둔 이후에는 모든 불을 켜고, 천천히 항해를 했습니다.

우리의 뒤에는 마드라스 항구의 유류 저장소들이 불타며 밝게 빛나고 있었습니다. 그리고 그 위로는 검은 연기가 하늘을 덮고 있었습니다. 이 모습은 마치 화산을 방불케 했습니다.

폰디체리Pondicherry를[19] 지나서, 실론 섬(오늘의 스리랑카) 근처를 지나고 있을 때, 우리는 인도의 서쪽으로 가기 위해 항해하고 있었습니다. 그리고 우리의 방문은 아마도 그 해안에게는 영광스러운 일이었을 것입니다.

나중에 신문으로 알게 된 것이 있는데, 바로 우리의 마드라스 항구 포격으로 인하여 많은 유럽인들이 인도 해안 근처 지역에서 내륙으로 급하게 이사를 가고 있었다는 사실입니다. 거기에 덤으로 우리의 인도

....

그러고 나서 마침내 일제사격으로 적 군함을 격침시켰습니다. 이런 전투방식을 위하여 전함들은 함선 전체를 함교에서 지휘하는 방식으로 함교를 높게 설계했습니다. 그리고 그런 방식이 현재의 군함들에도 적용이 된 것입니다. 그러나 엠덴은 당시 기준으로도 구식 군함이었기 때문에 이런 특징이 적용되지 않았습니다.

19 동부 타밀나두 주의 인접 지역에 위치한 푸두체리의 행정 중심지이다. 이명異名 푸두체리 Pondicherry. 2006년 9월 이전까지는 푸두체리도 퐁디셰리로 불렸다.

본토를 향한 추가적인 공격을 막기 위해, 영국 정부는 인도 해안선을 따라서 탐조등을 대량으로 배치하고 있었습니다.

그러나 영국의 이러한 행동은 우리에게 오히려 도움이 되었습니다. 우리는 항상 어디가 어디인지 헷갈렸는데, 영국 정부가 인도 해안에 탐조등을 배치해 준 덕분에 이제 길을 잃어버리지 않고 잘 항해할 수 있었습니다. 그리고 탐조등을 통한 영국 동인도 회사의 친절한 길 안내에 대한 감사의 말을 페낭 항구에 가서 전하기로 했습니다.

9월 26일 밤, 우리는 콜롬보Colombo(오늘날 스리랑카의 수도) 항구의 바로 앞에서 서성이고 있었습니다. 그때 적들의 탐조등으로 인해 어떤 함정이 보였습니다. 처음에는 위험한 적으로 보였습니다. 그러나 가까이 가서 자세히 보니, 그 녀석은 목구멍 아니, 연돌까지 설탕으로 적재된 상선이었습니다. 그 배의 선장은 아군의 탐조등과 해안포들로 둘러싸인 항구에서 독일군 순양함에게 잡힐 줄은 꿈에도 몰랐을 것입니다. 특히 그 상선과 우리는 영국의 해안포 사거리 안쪽에 있었습니다. 때문에 그는 우리를 보고 기겁을 했습니다.

그 선장에게는 미안하지만, 우리는 그에게 평소에 하던 것같이 중요한 물건들을 챙길 시간을 주지는 못했습니다. 왜냐하면 방금 언급했듯이 영국 해안포의 사거리 안에 있었기 때문입니다. 오 분 후에 그 상선의 모든 승조원들은 우리의 선단에 있는 상선으로 옮겨졌습니다. 그리고 우리가 해안포의 사거리를 벗어나고 십 분 후에는 그 상선의 설탕이 우리의 저녁에 달콤함을 더해 주었습니다. 추가로, 우리가 가져오지 못한 설탕은 근처 물고기들의 밥이 되었습니다.

얼마 후에 우리는 들어 본 것 중에 가장 재미있는 해적 이야기를 영국 신문을 통해서 접했습니다. 주인공은 우리였습니다. 더 구체적으로 설명하자면, 이 이야기는 어느 영국 상선의 선장의 경험담을 토대로 작성되었습니다.

그는 독일군이 자신을 인간적으로 대했다고 했습니다. 그러나 자신의 지위를 존중하지는 않았다고 불평했습니다. 우리는 이 기사를 읽고 조금 어이가 없었습니다. 아마도 그 선장은 우리 함장이 그에게 자신의 선실을 빌려줄 것이라고 기대했는지도 모르겠습니다. 그리고 그의 지위가 존중받지 못했다는 주장에 반박을 하자면, 우리에게 잡힌 이상 그는 전쟁 포로입니다. 그러므로 우리는 그의 목숨만 살려 주면 되는 것입니다. 그러나 우리는 그를 인간적으로 대해 주었고, 그의 부탁들도 가능하면 들어주었습니다.

그는 뒤이어 엠덴은 이곳저곳 긁혀 있고, 위생 상태도 좋지 못했다고 증언했습니다. 안타깝게도 그 말은 사실이었습니다. 하지만 변명을 좀 하자면, 엠덴은 한 달 넘게 어떠한 정비도 받지 못하고 항해를 했습니다. 설상가상으로 엠덴은 작전 중에 노획한 각양각색의 석탄을 갑판에 적재하고 다녔습니다. 나는 우리 함정이 이렇게까지 더러운 상태가 될 줄은 꿈에도 몰랐습니다. 특히 나는 함장을 제외하면 엠덴의 장교 중 상급자였기에 자존심이 있었습니다. 그 때문에 엠덴을 청소하고 싶은 마음이 굴뚝 같았습니다. 그러나 4번 굴뚝과 마찬가지로, 그 내용물을 밖으로 꺼낼 수 없었습니다.

여담으로 엠덴의 이야기를 신문에 알린 그 선장은 우리 승조원들이 굶주린 것 같다고 말했습니다. 이는 반은 맞고 반은 틀렸습니다. 우리의 승조원들은 오랜 항해로 인하여 지친 상태이기는 했습니다. 그리고 우리가 식량이 부족했던 것은 우리와 함께하게 된 다른 상선들의 사람들과도 식량을 공유했기 때문입니다.

하지만 우리에게 여유가 아예 없던 것은 아니었습니다. 우리는 저녁을 먹고 나서 항상 베를린 궁전이나 쉰부르크Schönburg 호텔 같은 품격 있는 곳에 있는 것같이 춤도 추고, 노래도 부르며 일몰을 즐겼습니다.

그나저나 우리가 강제 편입시킨 설탕 수송선의 선장은 아마도 우리의 손에서 벗어난 이후에 험한 꼴을 당했을 확률이 높습니다. 왜냐하면 그 선장은 영국군의 코앞에서 충분히 저항을 할 수 있었음에도 우리에게 항복했기 때문입니다. 그 상선의 승조원들을 감시한 장교의 말에 의하면, 그 상선의 선원들은 매우 분노한 상태였다고 합니다. 추가로 그 상선의 선원들은 그를 맞이할 때 싸울 준비를 한 것 같은 자세와 복장을 하고 있었다고 합니다. 때문에 나는 선장이 아마도 다시 엠덴으로 돌아오고 싶어 하고 있으리라 추측하고 있습니다.

석탄에 관해서 한 가지 문제가 생겼습니다. 우리 1번 석탄 보급선인 마르코마니아 호의 석탄은 한참 전에 바닥났고, 폰토포로스 호에는 저질의 석탄밖에 없었습니다. 이 석탄은 이물질이 많고, 힘도 없었습니다. 다행히도 이 문제는 배수량 7000톤 규모의 영국 상선이 해결해 주었습니다. 이 친구는 최고급 석탄을 적재하고 있었습니다. 그 상선의 선장은 우리와 함께하는 것을 마다하지 않았습니다. 역시 우리가 유명하기는 한 것 같습니다. 흥미롭게도 그 상선의 선장은 우리와 함께 항해하는 동시에 영국 군가를 부르고 있었습니다.

한편 일이 이렇게 흘러가자, 영국 정부도 이제 엠덴이 격침되지 않았음을 인정했습니다. 그러므로 영국 정부는 이 지역에 다시 한번 항해 금지령을 내렸습니다. 이 말은 우리가 여기서 통상 파괴 작전을 수행할 수 없게 되었다는 뜻이었습니다.

엠덴은 긴 항해로 인하여 바닥이 따개비와 이물질로 뒤덮여 있었습니다. 이 사실을 인지한 우리 함장은 엠덴을 청소하기 위해서 남쪽으로의 항해를 명령했습니다.

제4장

날아다니는 네덜란드인 호

우리는 현재 영국, 일본, 프랑스의 군함 열여섯 척이 엠덴을 사냥하고 있다는 사실을 알고 있었으나, 그 군함들의 성능과 특징 같은 구체적인 정보는 알고 있는 게 없었습니다.

불행인지 다행인지 모르겠으나 그 열여섯 척의 군함들의 특징을 알아도 딱히 변하는 사실은 없었습니다. 왜냐하면 엠덴은 인도양에서 가장 약한 순양함이기 때문입니다. 만약에 순양함보다 체급이 작은 구축함과 교전한다면 엠덴이 승리할 확률이 높습니다. 그러나 엠덴도 여전히 피해를 입을 것이고, 그로 인하여 전투 불능이 될 가능성이 큽니다.[20]

우리 함장은 이 사실을 잘 알고 있었고, 엠덴이 격파당하는 것은 시간문제이므로 그 전에 적에게 최대한 많은 피해를 입혀야 한다고 엄중한 목소리로 말했습니다.

....

20 엠덴은 구식 순양함이기 때문에 탄약고와 함교같이 중요한 부분들도 최대 4.1인치 함포까지만 버틸 수 있게 설계되었고, 나머지 부분들은 실질적으로 어느 함정에게 맞아도 그냥 격파될 것입니다. 그러나 당시에는 구축함들도 4.1인치 포를 장착하고 있었고, 설상가상으로 구축함들은 전함도 격파할 수 있는 무기인 어뢰를 보유하고 있었습니다. 물론 엠덴이 더 많은 어뢰를 보유하고 있지만 엠덴이나, 구축함이나 어뢰를 맞으면 격파된다는 사실은 변하지 않습니다.

그나마 다행인 것은 적들이 가까이 오면 그들의 무선 통신을 도청할 수 있었고, 이를 이용해 적들이 근처에 있다는 사실을 알아낼 수 있습니다. 그러나 그 무선 통신의 내용은 암호화되어 있어서 해독할 수는 없었습니다. 또 다른 문제는 이 메시지를 보내는 군함이 얼마나 가까이 있는지, 그리고 어느 방향에 있는지를 알 수가 없었습니다. 때문에 도망치려다가 오히려 적에게 다가가게 될 수도 있는 웃지 못할 상황이 벌어질 확률도 있었습니다.[21]

영국 정부는 엠덴을 격침하지 못한 유일한 이유는 엠덴의 속도 때문이라고 해명했습니다. 그러나 엠덴은 11노트로 항해를 하고 있었습니다. 다시 말해서 그 변명은 인정할 수 없었습니다. 엠덴의 하부가 긴 항해로 인하여 따개비들로 가득했던 점도 있었지만, 엠덴이 사용하는 석탄을 운반하는 상선들의 최대 속도가 11노트인 점이 더 컸습니다. 추가로 우리에게는 이 속도로 항해하는 것이 시속 23노트로 가는 것보다 나았습니다. 이유는 적들은 엠덴의 속도를 시속 20노트에서 23노트 사이로 알고 있었기 때문입니다.

좀 전에 무선 통신을 통해 적들의 대략적인 위치를 알 수 있다고 했는데, 그들의 국적 또한 알아낼 수 있었습니다. 이것이 가능한 것은 영국, 프랑스, 러시아, 일본 모두 자신들만의 무선 통신 패턴이 있었기 때

21　결과적으로는 적들의 무선 통신을 도청할 수 있다는 사실은 크게 도움이 되지는 않았습니다.

문입니다. 독일도 위의 국가들처럼 고유한 무선 통신 패턴이 있었기 때문에 엠덴은 무선 통신을 사용하기 어려웠습니다.

사실 우리는 통상파괴작전 중에도 나름 평화롭게 지냈습니다. 물론 평시와 같을 수는 없었습니다. 보초병들도 평소보다 많이 배치했고, 어뢰와 포탄들도 항상 발사 준비가 되어 있었습니다. 함장은 함교 위에 있는 첨탑에 의자를 놓고 그곳에서 언제든지 엠덴을 지휘할 수 있는 상태로 생활했습니다. 그는 거기서 다양한 해양 기록들과 해전의 역사를 공부하며 나중에 어떤 일이 벌어질지 계산을 하고 있었습니다. 그 덕분에 우리가 엄청난 성과를 낼 수 있었던 것 같습니다.

함장의 이런 행동에 우리 수병들은 감동했고, 더욱 열심히 일했습니다. 동시에 그들은 자신들이 엠덴의 승조원이라는 사실에 대단한 자부심을 가졌습니다. 그들은 신나게 노래를 부르다가도 함장이 쉬고 있다는 말을 들으면 즉시 조용해졌습니다. 또한 매우 피곤한 상황에도 함장의 응원 한마디만으로 힘을 냈습니다. 나는 심지어 승조원들이 함장에 관해서 하는 말들을 여러 번 들었는데, 모두 "그는 훌륭한 분이셔!" 같은 말들뿐이었습니다.

장교들의 생활도 많이 변했습니다. 장교들은 평소에는 각자 자신의 방에서 잘 수 있었는데, 이제는 모두 함교에 해먹을 설치하고 잡니다. 또한 이전의 편안한 생활은 당분간 경험할 수 없다는 것을 기억하기 위해서 모든 목제 가구와 장식들은 제거되었습니다. 안전을 위해 함교에서는 다른 인화성 물질들도 치웠습니다. 이곳저곳에 발사 준비를 마친 중기관총을 설치했습니다. 비위생적이지만 빠른 집결을 위해 옷을 갈아입는 것도 금지되었습니다.

하지만 우리에게 웃을 일이 아예 없는 것은 아니었습니다. 영국 신문을 읽는 것, 그중에서도 엠덴 괴담들이 가장 흥미로웠습니다. 참고로 이 신문들은 우리가 노획한 상선들에서 찾은 것이기 때문에 몇 주 정도 지난 소식들이 대부분이었습니다. 영국 신문에 실린 엠덴 괴담들은 과장과 거짓말들로 도배되어 있었기 때문에 당사자인 우리에게는 그저 웃기는 이야기 정도였습니다.

그와 별개로 독일 제국 육군에 관한 영국의 선동도 여러모로 어이가 없었습니다. 일단 신문은 독일 육군이 프랑스 전선에서 후퇴를 했다고 보도했습니다. 그러나 우리는 독일군의 '후퇴' 방향이 서쪽을 향하고 있을 것이라고 추측하고 있습니다. 한술 더 떠서 영국 신문은 독일군의 사상자가 전투마다 몇백만 명씩 난다고 했습니다. 그런데, 영국이 내놓은 독일군 사상자 목록을 다 더하면 8,000만 명 이상 사망한 것으로 추정됩니다. 참으로 놀라운 일입니다, 이런 인명 피해를 입으면서도 독일이 망하지 않았으니 말입니다.[22]

....

22   당시 독일의 인구는 6,700만 명이 조금 안 됐습니다.

영국령 인도의 여론은 우리의 예상과는 다르게 엠덴의 행동을 그저 하나의 볼거리로 생각하고 있었습니다. 이는 우리를 매우 놀라게 했습니다. 자국의 상선들에게 피해를 입히고, 심지어 대낮에 당당하게 항구에 나타나서 유류 저장고를 폭파시키는 등의 행동을 그들은 그저 하나의 볼거리로 생각하고 있었습니다. 앞선 이유에서인지는 모르겠으나, 영국령 인도의 여론은 우리 함장을 적이 아닌 하나의 이야기 속 주인공으로 찬양하고 있었습니다.

그나저나 좀 전에 언급한 엠덴 괴담이 무엇인지 설명을 하자면, 영국인들의 엠덴 목격담들입니다. 물론 이 중 대부분은 사실보다 거짓의 비중이 높습니다. 어쨌든 그중에서도 가장 기억에 남는 엠덴 괴담을 몇 개 알려드리겠습니다.

첫 번째는 영국령 인도의 한 신문에 실린 어느 상선과 유령선의 추격전 이야기였습니다. 그 기사는 앞서 언급한 유령선이 엠덴이라고 주장하고 있습니다. 이야기는 이렇습니다.

어느 날 밤, 나는 도선으로 추정되는 함정과 마주쳤습니다. 그 함정은 나를 향해 탐조등을 비추었습니다. 나는 그 행동을 따라오라는 것으로 해석했고 나는 그 빛을 향해서 갔습니다. 놀랍게도 그 함정과 나의 거리는 좁혀지지 않았습니다. 오히려 멀어지고 있었던 것 같았습니다. 그러다 녀석은 갑자기 속도를 올렸습니다. 이를 장난이라고 생각한 나는 화가 나서 기관사에게 속도를 최대치로 올려서 그 함정을 추격하라고 명령했습니다. 그럼에도 나와 그 함정 사이의 거리는 좁혀지지 않았습니다. 나는 이 상황이 도무지 이해가 되지를 않았습니다. 자세히 보니 그 함정은 원을 그리며 도망가고 있었습니다. 나는 이를 눈치채고 방향을 틀어서 녀석의 앞을 막으려고 했으나 그 함정은 탐조등을 끄고 사라졌습니다. 그 후 나는 한참 동안 멍하니 앞을 바라보고 있었습니다.

또 하나의 엠덴 괴담은 이러했습니다.

갑자기 한 순양함이 엠덴을 만났고 가지고 있던 모든 석탄을 탈취당해서 침대, 식탁 등 불에 탈 수 있는 모든 것을 태우며 항구로 귀환한다는 무전이 들려왔습니다. 그리고 무전을 통해서 제발 석탄을 보내 달라고 했습니다. 영국령 인도의 정부는 혼란스러워하고 있었고, 이곳저곳에 도움을 요청했습니다. 그리고 엠덴에 관한 정보와 돈을 동시에 챙길 수 있는 이 좋은 기회를 잃고 싶지 않았던 영국의 석탄 회사들은 경쟁하듯이 일을 시작했습니다. 석탄을 산더미처럼 준비했고, 수송선도 수십 척을 준비했습니다. 접선하기로 약속한 항구에서도 그 순양함이 최대한 빠르게 보급을 받고 엠덴을 다시 추격할 수 있게 모든 준비를 마쳤습니다. 그러나 실망스럽게도 약속한 장소에는 아무도 없었습니다. 이로 인해 영국령 인도의 정부에서 수사를 시작했고, 얼마 후에 이렇게 결론을 냈습니다. "그 통신을 한 군함은 엠덴이었고, 처음부터 도움을 요청한 순양함은 존재하지 않았다. 그리고 영국의 암호는 해독당한 것일 확률이 높다.”

그러나 우리는 영국의 통신 암호를 해독하지 못했기 때문에 그런 통신을 보낼 수 없었습니다. 아니, 애초에 이 엠덴 괴담들은 대부분 사실이 아니었습니다. 하지만 오히려 허풍이 너무 많았기 때문에 우리에게 웃음을 선물했습니다. 그래서 나는 엠덴 괴담들을 기록한 ‘엠덴 모음집’을 만들었는데, 바쁜 작전 중에 분실했습니다.

그밖에도 우리에게는 아직 재미있는 일들이 남아 있었습니다. 우리가 처음 출항했을 때, 고양이 한 마리가 엠덴에 탑승했습니다. 어느 날 아침에 눈을 뜨자, 아기 고양이 네 마리가 어미 고양이와 함께 함교 창문 앞에서 자고 있었습니다. 그 옆에는 샬Schall 중위가 잠자고 있었습니다. 나는 다른 장교들을 잠에서 깨웠고, 그들은 모두 고양이들을 보고 귀여워했습니다. 그 소리에 깨어난 샬 중위는 처음에는 귀찮다는 듯이 화장실로 갔습니다. 그러나 고양이들을 발견한 이후에는 그 또한 행복한 표정을 띠었습니다.

엠덴의 위생 상태는 좋지 못했지만, 장교들과 수병들 모두 고양이들을 정성껏 돌봤기 때문에 녀석들은 잘 살았습니다. 한때 장교들의 소파가 있었던 곳에는 고양이 집이 생겼습니다. 밤에는 녀석들을 밟지 않게 조심히 돌아다녀야 했습니다. 또한 고양이들은 종종 식탁에 올라오거나, 내 책상을 어지럽히기도 했습니다.

고양이들의 이름은 우리가 나포한 상선 이름을 따라서 지었습니다. 덕분에 우리에게는 작은 폰토포로스, 카비그나, 킹 루드King Lud가 생겼습니다. 마지막 남은 가장 작은 고양이의 이름을 무엇으로 할지 고민하고 있었습니다. 녀석은 몸에 비해서 거대한 머리를 가지고 있었고, 눈은 크고 동그랬습니다. 나는 녀석을 우리가 나포한 네 번째 상선의 이름을 따서 디플로마The Diplomat로 지으려고 했으나, 어떤 장교가 녀석에게 '작은 바보'라고 이름 지어 주었고, 나머지 장교들도 그 이름에 꽂혔습니다. 결국 녀석은 '작은 바보'로 불리게 되었습니다.

고양이들은 낮에는 함교 밖의 발코니에서 햇빛을 받으며 놀았고, 우리 승조원들은 고양이들이 바다에 빠지지 않게 잘 감시했습니다. 그러던 어느 날 저녁 식사 후에 커피를 마시고 있을 때, 작은 바보가 실종되었습니다. 모두들 슬퍼했습니다. 하지만 다행히도 탄약고를 순찰하던 병사가 녀석을 105mm 포탄이 있어야 할 자리에서 평화롭게 자고 있는 상태로 발견했습니다. 녀석은, 함교에서 탄약고까지의 거리가 9미터를 넘었지만, 그 거리를 뛰어넘는 데 성공했습니다. 사람이었으면, 이 거리를 뛰면 뼈가 부러져 버렸겠지만, 녀석은 엄연한 고양이었습니다.

엠덴에는 고양이 외에도 동물들이 많이 있었습니다. 돼지 두 마리가 연돌 옆에 있었고, 근처에 양이 몇 마리 있었고, 탄약 운반용 레일에 비둘기들이 있었으며, 함미에는 닭들이 십여 마리 있었습니다. 그 근처에는 거위들이 있었습니다. 위의 동물들은 모두 우리가 나포한 상선들에서 가지고 온 것이었습니다. 그리고 특이한 동물도 한 마리 있었는데, 베이츠 피그미 영양이었습니다. 녀석은 어느 날 전방 함포 앞에서 발견되었습니다. 녀석이 어떻게 여기로 왔는지는 끝끝내 알아내지 못했습니다.

엠덴에 탑승한 동물들은 항상 수병들의 정성스러운 돌봄을 받았습니다. 그러나 나는 아무리 생각해도 우리 수병들이 이들을 동물이 아닌 미래의 저녁 메뉴로 생각하는 것 같았습니다.

우리 수병들은 의외로 시간 여유가 있었습니다. 왜냐하면 현재 엠덴의 환경에서는 평시에 하던 훈련들을 자주 할 수 없었기 때문입니다. 또한 포격 훈련으로 귀중한 포탄을 소모할 수도 없었습니다. 물론 대부분의 수병들은 여전히 임무를 위해 준비된 상태로 상시 대기 중이었습니다. 수병들을 위해서 쾌적한 잠자리를 마련하는 것이 나의 최근 고민거리였습니다. 이 문제는 특히 기관부의 병사들에게 중요했습니다. 기관부에는 엔진의 열기와 연기가 가득했기 때문입니다. 하지만 그들을 위해 준비한 공간은 인도양의 열대 기후로 인해 매우 더웠습니다. 나는 함교 앞의 발코니를 수병들을 위한 공간으로 만들자고 함장에게 제안하여 동의를 받았습니다. 아마도 밤에 함교에서 창밖을 바라

보면 인도양의 야경 대신에 엠덴의 움직임에 따라서 흔들거리며 수면을 취하고 있는 수병을 여럿 발견할 것입니다.

나와 장교들은 매일 시간을 내서 수병들에게 신문을 읽어 주었습니다. 이는 수병들에게 현재 전황이 어떻게 돌아가고 있는지 알리기 위함이었습니다. 원래는 장교들의 사치품이었던 책들도 이제는 수병들에게 공유되었습니다. 그리고 독일과 그 주변국들의 지도를 크게 그린 후에 신문들의 이야기와 우리가 아는 독일의 전력과 상태를 이용해서 유럽 전선의 상황을 추측했습니다.[23]

수병들에게 현재 전황을 설명하는 것은 생각 밖으로 힘들었습니다. 왜냐하면 우리의 주된 정보 출처는 영국 신문이었기 때문입니다. 이미 여러 번 언급했듯이, 영국 신문은 거짓말과 과장이 대부분이었습니다.

영국 신문에서는 독일군이 매일 야전군(8만 명에서 20만 명 정도) 단위로 몰살당하고 있으며, 규율과 대열은 완전히 무너졌고, 독일의 군인과 시민들뿐만 아니라 귀족들까지 굶어 죽고 있다고 했습니다. 그리고 독일군 장교와 병사들은 집단으로 자살하고 있다고도 했습니다. 거기에 더해서 빌헬름 2세와 황태자는 부상당했고, 독일 전역에서 혁명이 일

....

23 당시 독일은 남성 기준 인구의 0.1%를 제외하면 모두 글을 읽을 줄 알았습니다. 하지만 이는 여성을 포함하지 않은 수치였습니다. 물론 시대를 고려하면 독일의 문맹률은 매우 낮은 편이었습니다.

어났으며 바이에른은 독일 제국을 탈퇴했다는 말도 안 되는 헛소문들이 가득했습니다. [24]

영국 신문의 넘쳐나는 거짓말을 모두 거르는 고된 작업에 지친 나는 아예 그냥 독일에게 유리한 정보를 추가해서 수병들에게 읽어 주었습니다. 물론 이 정보들도 영국 신문처럼 거짓말이었으나, 엠덴 수병들의 사기士氣를 높여 주는 착한 사기詐欺였습니다.

그러나 한편으로는 우리 수병들이 언젠가는 내 방에 있는 영국 신문들은 발견하고 내가 그동안 거짓말을 한 것을 알게 될까 걱정이 되었습니다. 만약 그렇게 되면, 나뿐만 아니라 같이 신문에 관하여 이야기하던 다른 장교들의 신뢰도 또한 떨어질 것이 뻔했습니다. 이는 사기 저하를 넘어서 엠덴의 지휘 체계가 완전히 붕괴되는 것으로 이어질 수도 있었습니다. 위와 같은 일을 방지하고자, 나는 신문을 읽으며 어느 것이 사실이고, 어느 것이 나의 추측인지, 그리고 어디가 영국의 거짓말인지 설명하기로 했습니다.

로이터 통신의 보도도 어디까지 믿어도 될지 알기가 힘들었습니다. 물론 엠덴이 격침되었다는 오보는 적들을 기만하는 데 도움이 되었습니다. 그러나 그 이후에 그들이 발표한 정보는 도움이 되었다고 하기

....
24   소름 돋는 점은 위의 내용들은 1918년이 되면 대부분 사실이 된다는 것입니다. 하지만 이
      책의 배경은 1914년입니다.

힘들었습니다. 다행히도 수병들은 영국 신문은 믿을 것이 못 된다는 사실을 금방 알아냈습니다.

얼마 후에 우리는 영국 신문에서 참으로 충격적인 기사와 지도를 보았습니다. 그 기사는 영국이 드디어 독일 제국을 무너뜨렸고, 승전국들은 이제 독일 땅을 서로 나눠 가졌다고 했습니다. 그 기사 옆에 있는 지도에서는 프랑스의 국경선이 베저강과 베라강 유역까지 확장됐으며 바이에른은 괴뢰국이 되었다고 나와 있었고, 덴마크는 비텐베르크, 마그데부르크, 그리고 브레멘을 점령했다고 나와 있었습니다. 또한 영국은 올덴부르크와 하노버를 독일에게서 받았습니다. 거기다 러시아는 엘베강 동쪽 지역을 모두 넘겨받았다고 나왔습니다. 그리고 독일이라고 남은 것은 튀링겐과 그 근처 지역뿐이었습니다.

이런 선동은 너무나도 어이가 없어서 우리는 이 신문을 신문이 아닌 하나의 농담 모음집으로 봤습니다. 덕분에 수병이고 장교고 할 것 없이 모두 신문을 확보하는 데 관심이 있었습니다. 그리고 새로운 신문이 생기면 모두의 눈빛은 하나의 질문을 띠고 있었습니다. "빨리 읽으면 안 되나요?" 더 웃기는 것은 전시와 평시에 관계없이 거의 모든 군인들이 집합 명령을 싫어했지만, 우리는 이제 집합 명령만을 기다리고 있다는 사실이었습니다.

신문을 읽은 후에 장교들은 수병들로부터 다양한 질문을 받았습니다. 질문들 가운데 가장 자주 나오는 질문은 인근 바다에서의 사건들에 관한 것이었습니다. 이는 최근에 영국 해군이 백 년 만에 해전에서 패배한 사건 때문이었습니다. 좀 더 자세히 설명을 하자면, 영국 해군의 선단이 독일 장갑순양함들에게 패배한 해전이었습니다. 또한 근대 이후 독일 해군의 첫 승리였습니다.

엠덴 승조원들의 임무는 주로 엔진, 함포 등 엠덴의 중요한 부분들을 깨끗하게 관리하는 것이었습니다. 우리는 오래된 파이프 등을 이용해 바닷물을 끌어와서 모두가 목욕을 할 수 있게 했습니다. 이렇게 우리는 매일매일 세 번씩 물을 끌어왔습니다. 그리고 시간이 있는 사람은 계급에 상관없이 이를 마음껏 즐길 수 있었습니다. 덕분에 엠덴이 칭다오에서 출항한 날부터 HMAS 시드니와 맞닥뜨린 그날(엠덴이 격침된 날)까지 우리 중 누구도 큰 병에 걸리지 않았습니다.

여유가 있는 날들엔 어김없이 군악대의 연주가 있었고, 나머지 인원들은 춤을 추기도 하고 노래를 부르거나 연기를 마시며(담배를 피우며) 휴식을 취했습니다. 그리고 연주가 끝나면 우리는 이런저런 노래를 불렀습니다. 우리는 우리가 부른 노래들을 크게 두 가지로 분류했습니다. 쉬운 노래와 힘든 노래로 말입니다. 쉬운 노래는 말 그대로 모두가 부를 수 있는 노래였습니다. 힘든 노래로는 원곡이 독일어가 아닌 노래와 가사가 복잡한 노래들이 있었습니다. 재미있는 점은 무슨 노래를 불러도 매일 마지막에는 항상 '라인강의 수비'를 불렀다는 사실입니다. 왜냐하면 이 노래는 당시 독일군을 대표하는 노래 중 하나였고, 덕분에 모든 인원이 가사를 알고 있었기 때문입니다.

엠덴 승조원들에게는 두 가지 큰 관심사가 있었습니다. 하나는 앞서 언급한 영국 신문이었고, 두 번째는 상선들로부터 얻은 음식들이었습니다.[25]

엠덴에는 다양한 음식들이 있었습니다. 탄약고 근처의 공간에는 통조림들이 산더미처럼 쌓여 있었고, 전방 갑판에는 신선한 식재료들이 있었습니다. 우리는 갑판에 기둥을 세워서 가공육과 고기를 걸어 놓았으며 옆에는 달달한 간식들이 여럿 있었습니다. 그 근처에는 각종 주류가 있었습니다. 여담으로 엠덴에서는 독일어와 영어 이외에도 오리, 닭, 양, 돼지, 고양이 등등의 동물들이 대화하는 소리들도 들렸습니다.

다시 물자 배급 이야기로 돌아와서, 우리는 새로운 상선을 찾아서 물자를 탈취한 후에 엠덴으로 옮겼습니다. 그리고 그 물자를 담당 장교가 정리해서 수병들에게 나눠 주었습니다. 자신의 차례를 기다리는 수병들은 이런저런 이야기를 하거나 담배를 피우며 기다렸습니다. 우

---

25 당시 엠덴의 승조원들은 적국의 물자는 탈취했으나 중립국의 물자는 정당한 대가를 지불하고 거래했습니다. 물론 그 중립국 상선의 승조원들이 거절하면 억지로 빼앗지는 않았습니다.

리는 수병들이 각자 받은 물자를 다른 수병들의 것과 바꾸는 것을 금
지하려 했으나 효과는 크게 없었습니다.

음식 이외에도 엠덴에는 유용한 물건들이 많이 생겼습니다. 나사부
터 등잔, 빗자루, 고무, 집게, 쇠막대기와 기름까지 다양했습니다. 그
러나 나는 몇 가지 항목들은 가지고 오지 못하게 막았습니다. 이 항목
들은 미술품, 거울, 말 등등 값이 많이 나가는 것들과 승조원들의 일에
방해가 될 수 있는 장난감들이 있었습니다.

우리에게는 다양한 술과 음식들이 있었지만 이를 너무 자주 먹는 것
은 자제했습니다. 왜냐하면 우리가 이에 익숙해지면 나중에 물자가 부
족해졌을 때 견디기 더욱 힘들어질 것이기 때문입니다. 특히 술의 경
우, 방치하면 당장 문제가 될 수도 있었습니다.

적들은 우리를 찾아서 격파하기 위해 열여섯 척의 구축함과 순양함
들을 투입했습니다. 한술 더 떠서 인근의 상선들이 영국 해군의 호위
를 받고 있다는 소식이 들려왔습니다. 우리 함장은 이 소식을 듣고 작
전지를 옮기기로 했습니다. 이전부터 말씀드렸지만, 엠덴의 선체 하부
에는 따개비가 잔뜩 붙어서 속도를 저하시켰고 이 문제는 날이 갈수록
심해졌습니다.

우리의 새로운 작전 지역은 벵골만이었습니다. 이곳으로 가는 길에 우리는 어느 섬을 발견하고 그곳으로 갔습니다. 그 섬은 영국의 식민지였는데, 그곳의 총독은 이상하게도 우리를 반갑게 맞아 주었습니다. 나중에 알고 보니 그 섬에는 2년에 한 번씩만 영국 정부의 명령과 세상 소식이 전해졌기 때문에 아직 전쟁이 발발했다는 것을 모르고 있었던 것이었습니다.

그리고 그는 1889년에 독일군 순양함들(SMS Bismark, SMS Marie)이 이곳을 방문한 이후에 독일군의 무기에 관심이 생겼다고 했습니다. 그래서 우리를 환영한 것이었습니다. 나를 포함한 모두들 처음에는 환영받고 있는 게 함정이 아닌지 의심했으나 사실을 알게 된 이후에는 긴장을 좀 늦췄습니다.

그 섬의 총독은 엠덴에 올라타서 이곳저곳 둘러봤습니다. 그러나 그의 눈에 들어온 것은 빛나는 갑판과 빼어나게 위엄 있는 함교가 아니라 석탄의 얼룩으로 더러워진 갑판과 녹이 슨 함교를 가진 군함이었습니다. 이를 이상하게 여긴 그가 질문을 했습니다. "무슨 일이 있었기에 군함이 이 지경이 됐습니까?" 나는 그가 진실을 알지 못하게 빠르게 대답했습니다. "저희는 지구를 한 바퀴 도는 항해를 하고 있었기 때문에 필요 없는 것은 모두 없앴습니다."

그는 여전히 의심하는 눈치였으나 내가 그에게 '영국산' 위스키를 대접하자 곧 아무 생각 없이 엠덴에서 하선했습니다. 이후에 그는 우리

말을 믿게 되었습니다. 다음 날 그가 우리에게 한 가지 제안을 했습니다. "엠덴을 청소해 줄 테니 우리 섬에 있는 반년 전에 고장 난 보트를 고쳐 주시오." 그는 엠덴을 청소해 주었고 우리는 약속을 지켰습니다.

이 섬에 머무르는 동안 우리는 대부분의 시간을 다음 항해를 준비하는 데 썼습니다. 엠덴에 부식 방지 페인트를 칠하고, 갑판을 닦고, 하부에 잔뜩 붙어있던 따개비들을 제거하는 등의 작업 말입니다.

이 섬에서 있었던 일 중에 가장 기억에 남는 것은 바다 괴물(?)을 사냥하는 일이었습니다. 구체적으로 설명하자면 우리가 함교에서 자연을 감상하고 있을 때 갑자기 무언가 거대한 것이 헤엄치며 우리 쪽으로 오고 있는 것이 보였습니다. 나는 재빨리 소총을 준비했고, 몇몇 수병들도 함께 소총을 준비했습니다. 우리는 최적의 사격 각도를 잡기 위해 노력했습니다. 그리고 녀석이 물 밖으로 뛰어오르는 순간 모든 소총이 일제히 사격했고 한 발이 녀석을 맞췄습니다. 그놈은 물 위로 뛰어오르며 꼬리를 휘둘렀습니다. 얼마 후 녀석은 움직임을 멈췄습니다. 아쉽게도 우리는 우리의 사냥감을 건지지는 못했습니다.

엠덴의 정비를 끝마치고 며칠 동안은 모두 낚시를 즐겼습니다. 엠덴의 측면을 따라서 낚싯줄들이 늘어져 있었습니다. 덕분에 푸른색, 초록색, 빨간색의 다양한 색깔의 물고기들이 모였습니다. 형태도 길쭉한 놈, 통통한 놈, 날렵한 놈 등으로 제각각이었습니다. 이렇게 모인 물고기들을 섬의 의사들과 엠덴의 의무병들이 먹을 수 있는지 판단했습니다. 먹을 수 있는 것들은 맛있게 먹었고, 그럴 수 없는 놈들은 낚시용 미끼, 혹은 동물의 사료로 주었습니다.

우리가 본 해양 생물들 중에는 바다뱀들도 몇 있었습니다. 아쉽게도 가까이서 볼 수는 없었습니다. 그러나 녀석들의 길이가 2미터 정도이며 색이 연한 초록색인 것은 확인했습니다. 녀석들은 가끔씩 바다 위로 뛰어올랐고, 이때 우리는 그들의 크기와 색깔을 알아냈습니다.

아쉽지만 이제 우리는 이 편안한 섬을 떠나야 했습니다. 우리에게는 임무가 있었기 때문입니다. 그러나 우리가 출항하고 나서 얼마 지나지 않아서 영국 정부는 7,000톤 규모의 영국 석탄 수송선으로 우리를 위로해 주었습니다. 그것도 최상급 웨일즈산 석탄을 적재한 수송선이었습니다. 비슷한 시기에 여러 척의 다른 상선들을 사냥하는 데도 성공했습니다.

하지만 얼마 후 영국 정부가 다시 인근 지역의 상선 운항을 중단해서 우리는 다시 초조해졌습니다. 그러나 여전히 다른 지역에는 상선 활동이 있다는 소식이 들렸습니다. 그리고 우리는 상선들이 있는 지역으로 향했습니다. 얼마 후 우리는 미니코이 섬 근처로 갔습니다.

그 지역에서 상선을 하나 나포했을 때 그 상선 선장은 매우 놀라서 이렇게 말했습니다. "도대체 어떻게 영국 상선의 항로가 이곳이라는 사실을 알아냈소?!" 우리는 이렇게 대답했습니다. "그냥 운이 좋았던 것입니다." 우리는 다른 의미로 정말 운이 좋았습니다. 이 선장이 우리에게 한 질문에 의하면 이곳은 영국 상선의 항로일 것이기 때문입니다.

그와 가족들은 이 상황을 자연스럽게 받아들였습니다. 그리고 그 선장의 아내는 우리 승조원들에게 하나씩 선물을 나눠 주었습니다.

그들은 엠덴으로 인하여 자신들의 계획을 조정하는 데에 익숙하다고 했습니다. 그들이 홍콩에서 유럽으로 가려고 했을 때는 엠덴이 주변에 있어서 다시 홍콩으로 돌아갔고, 그 후에 싱가포르에서 유럽으로 가려고 했습니다. 그러나 엠덴으로 인하여 항해 금지령이 내려졌기 때문에 또다시 계획에 차질이 생겼습니다. 그러나 싱가포르에서 콜롬보를 거쳐서 유럽으로 가는 길에 우리와 마주쳤던 것입니다. 결국 그들은 다시 인도로 보내졌습니다.

야간에 작전을 하는 것은 매우 힘든 일이었습니다. 일단 상대가 적 군함인지, 상선인지 구분이 쉽지 않았습니다. 그리고 혹시 모를 주변의 호위함의 존재 여부를 알 수 없었습니다. 만약에 적 호위함이 있으면 우리는 상선을 처리하는 도중에 무방비 상태로 공격받을 수도 있었습니다.

　적 호위함 이야기가 나왔으니 한 일화를 소개해 드리겠습니다. 어느 날 밤, 우리는 상선을 한 척 발견했고 소등한 상태로 접근했습니다. 그러나 우리가 녀석을 향해 위협사격을 감행하려고 하는 순간 그 뒤에 무언가 거대한 그림자가 보였습니다. 엠덴에 즉시 명령이 떨어졌습니다. "속도를 최대치로 올려라!" "어뢰 발사관을 개방하라!" "주포를 장전하라!" 혹시 모를 일에 대비해 우리는 모두 긴장하고 있었습니다.
　알고 보니 그 물체는 그 상선의 굴뚝에서 나온 연기였습니다. 이 사실을 알고 나서 우리는 한숨 돌릴 수 있었습니다. 좋지 않은 소식은 이 상선이 중립국 네덜란드의 상선이었다는 점이었습니다. 때문에 우리는 녀석을 보내 줄 수밖에 없었습니다.

　다행히도 그 네덜란드 상선은 중립을 지키기 위해 전쟁에 관련된 정보를 연합국(영국, 프랑스, 러시아 등)과 동맹국(독일, 오스트리아 등) 어느 쪽에도 제공하면 안 된다는 네덜란드 정부의 지시를 받은 상태였습니다.
　나중에 우리는 우연찮게 영국 군함과 그 네덜란드 상선과의 교신 내용을 듣게 되었는데, 영국 군함은 이렇게 말했습니다. "지금 유럽 전선에서 무슨 일이 있는지, 아니면 엠덴이 어디에 있는지 알려 주시면 감사하겠습니다." 그 네덜란드 상선은 이렇게 대답했습니다. "죄송하지만 저희는 어떠한 정보도 제공해 드릴 수 없습니다."

덕분에 우리는 계속 작전을 벌이며 이 전쟁에서 우리에게 주어진 임무를 열심히 수행할 수 있었습니다. 우리를 찾고 있는 열여섯 척의 적 군함들에게는 미안하지만 우리는 당분간 격침되지 않을 것입니다.

이렇게 잡히지 않고 계속 영국을 괴롭힌 우리는 영국령 인도의 신문사들의 찬사와 저주를 동시에 받았습니다. 심지어 독일군이 여러 척의 군함을 투입하고 이름만 모두 엠덴으로 지은 것이라는 분석도 나왔습니다. 이는 당연히 사실이 아니지만 우리가 얼마나 대단한지 증명해 주는 분석이었습니다. 전쟁이 끝나면 영국 신문사에게 꼭 감사 인사를 전하고 싶군요. 이러한 우리의 활약에 영국 신문에서는 별명을 하나 붙여 주었습니다. "날아다니는 네덜란드인 호, The Flying Dutchman[26]"

....

26 "The Flying Dutchman"즉 날아다니는 네덜란드인 호라는 배는 유럽 뱃사람들의 전설에 등장하는 해적선입니다. 엠덴도 마치 날아다니는 네덜란드인 호처럼 그 일대의 해운을 마비시킨 활약을 했기에 붙여진 별명입니다.

제5장

불타는 바다

앞서 알려드린 멋진 별명과는 별개로 최근 며칠 동안은 작전에 성과가 없었습니다. 왜냐하면 영국 정부에서 우리의 활동으로 인해 또다시 항해 금지령을 내렸기 때문입니다. 이에 맞춰서 우리 함장은 이번에는 아예 항구에 들어가서 포격하는 과감한 작전을 준비했습니다.

우리는 목표를 영국과 프랑스 해군이 공동으로 운영하는 페낭 항구로 정했습니다. 신기한 점은 그곳에 쓰시마 해전에서 패배하고 도망온 러시아 장갑순양함도 있었다는 점입니다.

1914년 10월 27일에서 28일로 넘어가는 밤에 우리는 페낭 항구를 향해 전속력으로 항해를 시작했습니다. 우리의 목표는 해가 뜨기 시작하는 동시에 항구에 진입하는 것이었습니다. 페낭 항구의 입구는 매우 좁았기 때문에 밤에 진입을 시도했다가는 좌초될 수도 있었습니다. 사람이 가장 피곤한 시간이 늦은 새벽인 점도 한몫했습니다.

새벽 4시쯤에, 엠덴의 모든 장교와 수병들은 일어나서 전투 준비를 했습니다. 그리고 그들은 마지막일 수도 있는 따뜻한 아침을 먹었습니다. 이들은 모두 새 옷으로 갈아입고 바닷물로 샤워를 했습니다. 이는 전투 중에 부상을 당했을 시에 상처가 감염되는 것을 막아 보기 위함 이었습니다.

모든 전등을 끄고 창문을 닫았습니다. 수병들은 모두 자신의 위치에 준비된 상태로 있었고, 엔진도 최대로 가동한 상태로 페낭 항구 바로 앞까지 갔습니다. 오전 5시 53분, 엠덴은 마침내 페낭 항구에 도착했 습니다. 이 지역에서는 해가 갑자기 뜨기 때문에 우리는 빠른 속도로 항구에 진입하기로 했습니다.

페낭 항구의 입구에 도착했을 때 우리는 멀리서 깜박이는 빛을 보았 습니다. 그 빛은 몇 초 주기로 켜졌다가 꺼지기를 반복했습니다. 해당 특징을 보았을 때 이 불빛은 등대, 혹은 고속정에 설치된 것이며 전기 로 작동하는 것 같았습니다. 만약 고속정의 빛이라면 근처에 군함이 있다는 뜻입니다.

나는 오랫동안 우리를 도와준 4번 굴뚝이 이번에도 역할을 해 줄 수 있기를 빌며 4번 굴뚝을 다시 세웠습니다. 이 굴뚝 덕분에 우리는 영 국 국기를 걸지 않고도 영국군으로 위장할 수 있었습니다. 만약 영국 국기를 걸었다면 우리는 국제법을 어긴 전쟁 범죄자가 될 것이었습니 다. 또한 엠덴을 모욕하는 행위이기도 했을 것입니다.

우리가 항구에 진입하는 순간, 태양이 우리의 앞길을 밝게 비추어 주었습니다. 앞에는 수많은 선박들이 있었습니다. 신기하게도 이 선박들은 모두 상선이었습니다. 그 순간 전방에 군함으로 추정되는 함정이 나타났습니다. 처음에는 구축함인 줄 알았으나 가까이 가서 자세히 보니 구축함이라고 하기에는 너무 거대했습니다.

이 군함이 구축함이 아니라는 것은 거의 확실해졌지만, 구체적인 정보는 알아내지 못했습니다. 우리의 위치에서는 이 군함의 후면만 볼 수 있었기 때문이었습니다. 자세한 것을 알기 위해 우리는 조심스럽게 이 군함을 향해 접근했습니다. 200미터 거리까지 접근한 이후에야 상대 군함의 측면을 자세히 볼 수 있었습니다. 이 군함이 바로 조금 전에 말씀드렸던 러시아 순양함 "젬추크(Zhemchug)"였습니다.

황당하게도 이 순양함에는 한 명의 보초병도 보이지 않았습니다. 러시아 수병들은 곧 어떤 일이 벌어질지 모른 채 깊이 잠들어 있었습니다. 이 기회를 놓치지 않고 바로 옆에서 엠덴이 어뢰를 발사했습니다. 그리고 어뢰가 물에 닿기 무섭게 엠덴의 우측 함포들이 일제히 불을 뿜었습니다.

우리가 발사한 어뢰는 젬추크 순양함의 승조원들이 잠자고 있는 부분을 명중했습니다. 잠시 후에 러시아 군 장교들이 문을 열고 뛰쳐나왔으나 그들은 자신들의 전투 위치가 어디인지도 잊은 것 같았습니다. 상대가 준비할 시간을 주지 않기 위해서 우리는 계속 포격을 감행했습니다. 몇 번의 일제사격 이후에 포격을 중지했습니다. 얼마 지나지 않아 그 러시아 순양함은 대폭발을 일으켰습니다. 그들에게는 안됐지만 이 순양함이 생존할 가능성은 이제 없었습니다.[27, 28]

그럼에도 젬추크는 우리를 향해 포탑을 돌리고 있었습니다. 젬추크의 주포는 우리 엠덴의 주포보다 강력한 4.7인치 함포였기에 우리의 장갑으로 막을 수 없는 상대였습니다.

엠덴에게는 피해를 복구할 수 있는 항구가 없었기 때문에 한 발도 맞지 않고 적들을 격퇴하거나 도망쳐야 했습니다. 한 발도 맞지 않고 승리하는 것은 엠덴보다 훨씬 작고 빠른 구축함에게도 불가능에 가까운 일이었습니다. 이 점을 잘 아는 우리 함장은 그 러시아 순양함을 향해 어뢰를 한 발 더 발사할 것을 명령했습니다.

어뢰를 발사하고 나서 우리는 불타는 젬추크를 뒤로 하고 페낭 항구 내부로 향했습니다. 곧이어 후방에서 요란한 폭발음이 들렸습니다.

....

27 아마도 젬추크 순양함은 내부의 탄약이 유폭되어 격침된 것 같습니다. 안타깝지만, 이런 경우에는 순양함보다 훨씬 견고한 전함도 승조원들의 생존을 보장할 수 없습니다. 이는 엠덴에게도 당연히 해당되는 이야기입니다.

28 물론 순양전함이나 전함들의 경우에는 탄약고를 잘 봉쇄하면 탄약고 유폭에도 버틸 수 있습니다. 실제로 유틀란트 해전 당시 영국의 군함들이 독일 군함들보다 피해가 컸던 이유도 여기 있습니다. 당시 영국 군함들은 포탄이 날아다니는 전투 중에도 빠른 장전을 위해서 탄약고 안전문을 개방하고 싸웠습니다. 이로 인해 영국 군함들은 탄약고 하나가 유폭되면 그 화염이 다른 탄약고들로 퍼져서 연쇄 폭발을 일으켰습니다. 반면 독일 해군은 전투 전에 장갑화된 포탑에 필요한 만큼의 탄약을 채우고 전투가 시작되면 탄약고를 절대 열지 않았습니다. 덕분에 독일 해군은 탄약고가 터져도 군함이 통째로 폭발하거나 침몰하는 경우는 드물었습니다. 물론 이런 경우에도 함정이 위험해지는 것은 사실입니다.

나는 이 어뢰가 명중하지 못할 것이라고 생각했습니다. 하지만 그 폭발음은 내가 틀렸다는 것을 보란 듯이 증명했습니다.

이 공격으로 인하여 젬추크 순양함은 또 한 번의 대폭발을 일으키며 반토막 났습니다. 10초에서 15초 정도가 지나고 나자, 폭발의 연기와 화염이 줄어들었습니다. 그 자리에는 가라앉고 있는 젬추크의 함수와 무수한 파편들이 남아 있었습니다. 주변에는 러시아 승조원들이 살기 위해 몸부림치고 있었습니다. 그들 입장에서 다행인 점은 인근에 있던 어선과 구조정들이 신속하게 도우러 오고 있다는 점이었습니다.

젬추크가 격침되자 이후에 적들의 포격이 잠시 멈췄습니다. 하지만 우리는 적들의 위치를 알아내지 못했기에 안심할 수 없었습니다. 예상대로 엠덴의 보초병이 출항하기 위해 닻을 올리고 있는 프랑스 군 초계함을 발견했습니다. 우리 함장은 그 초계함을 공격하라고 명령했습니다. 그러나 그 명령이 떨어지자마자 보초병이 항구로 진입하고 있는 또 다른 적을 발견했습니다. 이번에는 적의 구축함이었습니다.

지금 우리가 있는 곳은 좁아서 상대 구축함의 공격에 대항하는 회피 기동이 불가능했습니다. 때문에 우리 함장은 최대한 빨리 적 구축함을 향해 돌진하기로 했습니다. 이 행동은 적 구축함을 겁주는 동시에 회피 기동이 가능한 장소로 이동할 수 있는 좋은 수였습니다.

그 구축함은 날카로운 함교 뒤에 넓은 연돌이 있었습니다. 이는 전형적인 영국 대형 구축함의 모습이었습니다. 이제 적 구축함과의 거리는 4km 정도로 좁혀졌습니다. 이번에도 우리가 먼저 포문을 열었습니다.

그러다 나는 문득 이상한 점을 발견했습니다. 적이 우리에게 반격을 하지 않고 있다는 사실을 말입니다. 일반적으로는 구축함들은 어뢰를 보유하고 있었으며, 4km 거리 정도면 충분히 뇌격전을 벌일 수 있는 거리였습니다.

알고 보니 그 함정은 구축함이 아니라 영국 여객선이었습니다. 우리가 구축함으로 본 이유는 햇빛으로 인해 앞이 잘 보이지 않았기 때문이었습니다. 우리는 당연히 이 사실을 인지하는 즉시 포격을 중지했습니다.

우리가 다시 항구로 돌아가서 포격 임무를 진행하려고 하는 순간 보초병이 또다시 적을 발견했다고 보고했습니다. 우리 함장은 이것도 적 상선이라고 판단했고 보트를 보내기 위해 준비했습니다. 동시에 확성기로 그 함정에게 소리쳤습니다. "보트를 보낼 것이니 멈춰라! 무선 통신은 중단하라!"

하지만 이번에는 진짜로 적 구축함이었습니다. 상황을 인지하고 우리 함장은 보트를 다시 올리라고 명령했습니다. 그리고 보트를 올리는 즉시 적을 향해 전속력으로 돌진하라고 덧붙였습니다. 동시에 엠덴의 모든 승조원들이 전투 준비가 되었는지 한 번 더 점검을 했습니다.

오늘은 이상한 일들이 많이 있었습니다. 특히 수평선에 희미하게 보이는 함정의 모습이 계속 변했습니다. 예를 들면 긴 검은색 선체에 연돌이 앞뒤로 있는 모습이었다가, 갑자기 날렵한 군함의 모습으로 변했습니다. 이러한 특징들을 감안할 때 나는 이 함정이 구축함이나 어뢰정일 것이라고 확신했습니다. 함장도 같은 생각이었는지 수병들에게 명령했습니다. "즉시 돌격하라! 공격하라!"

우리는 국기를 게양하지 않은 상태로 녀석에게 접근했습니다. 그러다가 6,000미터 정도 거리에서 녀석은 국기를 게양했습니다. 그 국기는 다름 아닌 프랑스 삼색기였습니다.

그러나 신기하게도 이 프랑스 구축함은 우리를 딱히 경계하지 않고 있었습니다. 신기하다고 느낀 건 상식적으로 생각했을 때, 포탄 발사음이 들리고, 어뢰의 항적을 목격하자마자 국적 불명의 순양함이 항구 밖으로 빠른 속도로 향하고 있는 상황이 평범한 상황은 아니기 때문입니다. 그럼에도 그 구축함은 아무런 의심도 하지 않는 것 같았습니다.

4,000미터 정도 거리에서 우리는 그 구축함의 상황 파악을 돕기 위해 포탄을 몇 발 발사했습니다. 이 포탄들 덕분에 이 구축함은 드디어 우리가 독일군인 것을 인지했습니다. 하지만 도망치기에는 늦었습니다. 우리가 발사한 포탄 중 다섯 발이 그 구축함의 뒤쪽에 명중했습니다. 그 구축함은 폭발을 일으켰으며 이어서 검은 연기가 하늘을 덮었

습니다. 아마도 내부의 탄약이 유폭되어 버린 것 같았습니다.

이런 엄청난 피해에도 불구하고 그 프랑스 구축함은 끝까지 저항하기로 한 것 같았습니다. 그들은 엠덴을 향해 어뢰 두 발과 전방 주포들로 포탄들을 발사했습니다. 그러나 엠덴에는 하나도 명중시키지 못했습니다.[29]

우리는 프랑스 구축함을 향해서 또 한 번 일제사격을 감행했습니다. 이 공격은 프랑스 구축함의 함교, 연돌, 함수 등의 모든 구역에 명중했고, 얼마 후 구축함은 완전히 침몰했습니다. 구축함이 있었던 자리에는 잔해들이 널려 있었습니다. 그리고 생존자들이 이 잔해들에 매달려 겨우 버티고 있었습니다.

우리는 그 생존자들을 구출하기 위해서 행동했습니다. 엠덴에 있던 구명보트 두 대가 바다에 띄워졌고, 이들은 프랑스 군 생존자들을 구조하기 시작했습니다. 우리는 보트마다 의무병들을 배치했습니다. 그러나 이때 이상한 일이 벌어졌습니다. 몇몇 프랑스 군인들이 우리에게서 도망쳤습니다. 심지어 지금 위치에서 항구까지의 거리는 수영으로 갈 수 있는 수준이 아니었습니다.

....

29 당시 구축함들은 어뢰를 함정 앞뒤에 두 개씩 총합 네 개를 가지고 다녔습니다. 엠덴의 공격으로 함정 뒤쪽이 무력화되었으니 그 프랑스 구축함은 보유한 모든 어뢰를 발사했을 확률이 높습니다.

　프랑스 군에게는 다행이고, 우리에게는 좋지 않은 소식이 있었습니다. 그건 바로 프랑스 어뢰정 한 척이 우리를 향해 오고 있으며 다른 영프 연합군의 군함들도 오고 있었던 겁니다. 앞서 여러 번 말했지만, 우리는 한 발도 맞지 않고 최대한 오래 버텨야 했기에 탈출하기로 했습니다. 이들이 남은 프랑스 패잔병들을 구조할 것이라 판단한 우리는 이곳을 빠져나갔습니다.

　우리는 탈출하면서 서쪽으로 향했습니다. 이렇게 하면 태양을 등지고 있을 수 있기에 전방의 상황을 잘 파악할 수 있었습니다. 반대로 우리 앞에 적이 나타난다면 그들은 우리의 정체를 파악하는 데 시간이 걸릴 것이었습니다.

　그 프랑스 어뢰정을 따돌린 이후 우리는 프랑스 군 포로들에게 왜 도망치려고 했는지 물었습니다. 그들은 독일군이 포로를 학살하는 전쟁 범죄를 자행하는 악마들이라고 상관들에게 들었기 때문에 짐승 취급을 받다가 죽을 바에는 익사하는 게 나을 것 같아서 도망쳤다고 말했습니다. 우리는 그들에게 편안하게 지낼 수 있는 공간을 제공하고, 부상병들을 치료해 주는 것으로 그들이 틀렸다는 것을 알려 주었습니다.

　다행히도 우리 승조원들 중에는 프랑스어를 유창하게 구사하는 수병 두 명이 있었기에 그들과 큰 문제 없이 소통할 수 있었습니다. 이들은 기존의 모든 임무를 면제받는 대신에 포로들과의 소통을 담당하기로 했습니다. 이 중 한 명은 병동에 배치되었고, 다른 한 명은 포로들을 지키는 일을 맡았습니다.

프랑스 군 포로들에게 우리는 음식을 나눠 주었으며 부족했지만 옷 또한 제공해 줬습니다. 덕분에 포로들은 우리를 신뢰하게 되었습니다. 나는 이들에게 왜 우리가 먼저 공격할 때까지 기다렸는지 물어봤습니다. 이들은 4번 굴뚝 때문에 우리를 영국 경순양함으로 오인했다고 말했습니다.

프랑스 포로들은 우리에게 한 가지 감동적이면서 슬픈 사실을 전해 주었습니다. 그들의 함장은 우리의 포격으로 하반신이 날아갔는데, 중상에도 불구하고 함교에 남아서 군함과 최후를 함께했다고 했습니다. 그가 그런 선택을 한 이유는 자기 부하들이 독일군들에게 항복하는 모습을 차마 눈 뜨고 볼 수 없었기 때문이라고 덧붙였습니다. 그 이야기를 모두 들은 나는 이 훌륭한 군인을 위하여 모자를 벗어 경의를 표했습니다.

우리에게 항복한 프랑스 수병들 중에는 우리가 살릴 수 없을 정도의 부상을 입은 이들도 몇 있었습니다. 그날 오후에 한 명이 세상을 떠났고, 다음 날 두 명의 수병이 그와 함께했습니다.

우리는 죽은 수병의 시신을 정성스럽게 천으로 감싼 후에 프랑스 국기를 덮어 주었습니다. 다음 날 아침, 우리는 갑판에 집결했습니다. 모두들 전통적인 프로이센식 예복을 입고 예의를 갖추었습니다. 우리 함장은 참여를 원하는 프랑스 군인들도 모두 참여하게 허락해 주었습니다.

우리 함장은 프랑스어로 추모 연설을 했습니다. 그는 프랑스 전사자들을 위해 애도의 말을 전했습니다. 프랑스 군인들은 모두 그의 행동에 감동했습니다. 함장의 연설이 끝나고 우리는 떠나간 이를 위해 하느님께 기도드렸습니다. 이후 이 프랑스 전사자는 모두의 경례를 받으며 인도양의 물속에 영원히 잠들었습니다. 다음 날 사망한 두 명에게도 우리는 똑같이 장례식을 치러 주었습니다.

얼마 후에 프랑스 수병들을 지나가던 영국 상선에 태워 보냈습니다. 그들 중 장교 두 명이 떠나기 전에 우리 함장에게 할 말이 있다고 했고, 우리 함장은 응했습니다. 그들은 함장에게 그동안의 친절에 대해 감사 인사를 전했습니다. 나아가 그들이 고향으로 돌아가면 선전에 나오는 악마가 아니라 독일인의 진짜 모습을 모두에게 알리겠다고 약속했습니다. 그들은 나에게도 감사하다는 말을 하고 떠났습니다.

그때 한 부상당한 프랑스 장교 한 명이 나에게 엠덴 승조원의 군모를 하나 가지고 가게 해 달라고 부탁했습니다. 그는 엠덴의 승조원들이 패배한 자신들을 얼마나 신사적으로 대해 주었는지 알릴 증거이자 추억의 상징이 있으면 좋을 것 같다고 덧붙였습니다.

나는 그에게 엠덴 승조원용 군모와 함께 부상자를 위한 붕대와 같은 의약품들도 함께 가지고 가라고 했습니다. 우리는 그 영국 상선의 선장에게 가장 가까운 병원이 있는 도시인 사방Sabang[30]으로 가라고 했습니다. 하지만 안타깝게도 며칠 후에 그 장교가 죽었다는 신문 기사를 접했습니다.

영국은 페낭 전투에 관해서 기사를 냈는데 그 내용이 정말 황당했습니다. 그들은 우리가 영국 국기를 이용해서 전투에서 기습 효과를 냈다고 주장했습니다. 그리고 남쪽에서 진입해서 북쪽으로 빠져나왔다고도 주장했습니다. 허나 이는 모두 거짓입니다.

여러 번 말했지만, 엠덴은 영국 국기를 건 적이 한 번도 없었습니다. 특히 내가 이 행동은 엠덴에 대한 모욕이라고 결사반대했기 때문입니다. 그리고 페낭 항구는 너무 수심이 얕아서 우리가 중심을 질러서 통과하는 것 자체가 불가능했습니다.

영국 신문에서 유일하게 사실대로 보도한 것은 바로 우리 함장이 격침시킨 프랑스 군함의 생존자들을 구출하게 지시한 부분뿐이었습니다. 내용을 요약하자면 이러했습니다.

....

30   사방(Sabang)은 인도네시아의 아체(Aceh)주에 속한 도시로, 수마트라섬의 서쪽 끝에 위치한 웨섬(Weh Island)에 있습니다.

오늘 우리는 엠덴 함장의 또 다른 신사적 행동을 보도합니다. 그는 이 전쟁에서 군인으로서 자신의 역할을 수행하는 동시에 신사로서의 역할도 수행하고 있었습니다. 당시 그에게는 1분 1초가 생사를 가를 수도 있었습니다. 근처에는 다른 프랑스 군함들이 존재했고, 언제든지 자신과 부하들이 위험에 빠질 수 있었습니다. 그럼에도 불구하고 그는 바로 떠나지 않고 패배한 적들을 구조했습니다.

그 밑에는 "그들은 역사의 한 장을 써 내려가고 있었고, 그 임무를 충실히 수행하고 있었습니다."라고도 덧붙였습니다.
나는 이 신문의 한 구절이 특히 인상 깊었습니다.

이렇게 역사의 한 장을 장식한 전투가 끝났습니다. 하지만 이 해전의 교훈은 영원히 기억될 것입니다. 이 해전은 넘어지면 코 닿을 거리에서 벌어졌습니다. 대등한 성능의 군함들끼리 이런 상황에서 교전하면 피해를 하나도 입지 않고 승리하는 것은 불가능하다는 것이 상식이었습니다. 하지만 그들은 이 상식의 벽을 정면으로 돌파했습니다.

제6장

일용할 양식

필요한 만큼의 석탄을 조달하는 것은 우리에게 중대한 과제였습니다. 우리의 여정을 요약하자면 칭다오에서 출발하여 남방 지역을 거쳐 인도양에 도착해서 석 달 가까이 지금처럼 작전 중이었습니다. 처음 출발했을 때, 우리는 마르코니아 호에게 석탄을 보급받았습니다. 그러나 인도양에 도착했을 시점에는 모두 바닥난 지 오래였습니다.

우리는 탄약은 고사하고 석탄이나 식량 같은 기본적인 물자도 보급받을 수 없었습니다. 그래서 작전 초반부터 결론을 냈습니다. "필요한 물자는 적으로부터 얻는다."[31]

우리는 폰토포로스 호의 석탄을 가끔씩 사용했지만 최하 등급의 석탄이었기 때문에 사용하면 엠덴이 검은색으로 도색되었습니다. 이뿐만이 아니었습니다. 이 석탄을 사용하면 평소보다 매연도 많이 나왔기에 적들에게 들킬 확률도 더 높아졌습니다.

이런 상황에서 우리는 질 좋은 웨일즈산 석탄을 가득 실은 함정을

---

31 원래 전쟁 중에 물자를 적에게서 약탈하여 충족하는 것은 부대 규모가 클수록 어려운 일이었습니다. 하지만 엠덴의 경우에는 장교와 수병을 포함한 인원 전체가 376명밖에 안 되었기에 큰 문제가 없었습니다. 또한 엠덴이 작전하는 지역은 영국의 주된 식민지인 인도 바로 앞이었기 때문에 자원 공급에도 크게 차질이 없었습니다.

나포했습니다. 우리에게 이 석탄은 금덩어리보다도 더 반가운 선물이었습니다. 7,000톤의 웨일즈산 석탄 덕분에 매우 쾌적하게 항해할 수 있었습니다.

우리는 일반적인 군함들보다 훨씬 자주 석탄을 보급받았습니다. 왜냐하면 우리는 함대에 소속된 다른 군함들과 달리 독자적으로 활동했기 때문에 언제 적에게 공격받을지 몰랐고, 안정적인 자원 공급도 받을 수 없었기 때문입니다. 그러므로 우리는 석탄이 있을 때 최대한 많이 적재해야 했습니다.

수병들에게는 미안하지만, 석탄을 공급하는 일은 쉽지 않았습니다. 더욱이 엠덴의 작전 지역이 열대 지역이었기 때문에 피로도가 급증했습니다. 이러한 문제는 연료를 저장하는 창고에서 가장 심했습니다.

석탄을 옮기는 과정에서 수병들은 청바지로 갈아입어야 했습니다. 왜냐하면 우리는 여벌 옷이 얼마 없었고, 화려한 행사용 군복들을 이런 일로 더럽힐 수 없었습니다. 하지만 더운 날씨 때문에 최소한의 옷만 입고 일하는 수병들도 여럿 있었습니다.[32]

그러나 이 청바지들의 형태는 곧 무릎 바지로 변했고, 다음에는 반바지로 변하더니 속옷과 바지의 경계를 모호하게 했습니다. 그리고 얼

32 통상적인 청바지 색의 이름은 Prussian Blue, 즉 프로이센풍 파란색인데, 이는 프로이센군의 군복 색깔이기도 했습니다. 그러니 독일 제국 해군의 군함에 청바지와 비슷한 색의 바지가 있는 것은 어쩌면 당연합니다. 그리고 상의를 탈의하고 일을 하는 수병들의 모습은 당시 해군의 일상이었습니다.

마 후에는…

석탄 옮기기를 어렵게 만드는 요인은 이 외에도 하나 더 있었습니다. 석탄 수송선과 엠덴 모두 정지하지 않고 매우 가까이 붙어서 석탄을 옮겼다는 점입니다. [33]

이 과정에서 함정들이 서로 긁히지 않게 측면에 매트리스 같은 것들을 장착하고 작업했습니다. 그러나 군함 내부에 매트리스가 그렇게 많지는 않았기 때문에 매트리스가 없을 때는 해먹과 나무판자를 이용해서 쿠션 비슷한 무언가를 만들어서 썼습니다.

칭다오에서 처음 출발할 때 나는 해먹을 150개 구입했습니다. 원래 의도는 이 해먹들을 침수 피해를 수습하는 데 사용하는 것이었습니다. 해먹은 매우 질긴 천으로 만들었기 때문에 침수가 발생한 곳에 쑤셔 넣으면 침수 속도를 어느 정도 늦출 수 있었습니다. 물론 어뢰로 인한 침수 피해에는 별 효과가 없었지만, 근처에서 벌어진 폭발로 벌어진 배관 파손이나 함 하부에 발생한 작은 균열까지는 복구할 수 있었습니다. 예상한 사용법은 아니었으나 이 해먹들은 엠덴에게 방충재(防衝材)로서 훌륭히 역할을 수행하고 있었습니다. 우리는 나무판자에 해먹 여

---

33 작업 중에 정지하지 않는 것은 바로 어떤 함정이든지 정지 중 측면에 파도를 강하게 맞으면 뒤집힐 위험이 있기 때문입니다. 그래서 항상 파도를 정면으로 가르며 항해해야 안전합니다. 아마도 이러한 이유 때문에 움직이며 석탄을 옮긴 것 같습니다.

러 개를 감아서 쿠션을 만들었습니다.

그동안 수고해 준 해먹들에게는 미안하지만 우리는 얼마 안 가서 더 좋은 방충재를 찾았습니다.

얼마 전, 우리는 포획한 상선을 수색하는 과정에서 자동차 타이어를 대량으로 발견했습니다. 이 타이어들을 엠덴의 양쪽 측면에 정렬했더니 해먹들보다 훨씬 성능 좋은 방충제가 되었습니다. 그리고 해먹들은 원래의 목적대로 침수 피해 수습에 사용됐습니다.

엠덴이 다른 함종들보다도 방충재를 필요로 했던 이유는 당시 중순양함들은 함포가 갑판 중앙에 위치한 포탑들에 있었던 것과 다르게 경순양함들은 측면에 함포가 포대 형태로 위치했기 때문입니다.

석탄을 보급할 때 가장 난감했던 순간은 폭풍 속에서 석탄을 높이 들어 올려서 옮겼던 순간이었습니다. 이날도 우리는 석탄을 평소처럼 들어 올렸는데 이로 인해서 수병들이 크게 다칠 뻔했습니다. 석탄을 들어 올리는 순간 석탄이 쏟아졌고, 수병들은 이를 피하기 위해서 사방으로 도망쳤습니다.

이렇게 석탄을 옮기다가 측면에 먼지와 석탄 조각들이 너무 많이 떨어졌고, 이는 측면 구조물들에 심각한 손상을 입혔습니다. 이 사실을 인지한 이후에 우리는 오른쪽 측면으로만 석탄을 옮겼습니다. 왜냐하면 주포의 조준경들은 원거리 좌측에 위치했기 때문입니다. 우측에도 조준경이 있지만 이는 근거리 전투 전용이었기 때문에 그다지 중요하지 않았습니다.

　한 번은 석탄을 적재한 함정이 엠덴과 부딪혀서 측면에 있던 함포가 안쪽으로 밀려난 적도 있었습니다. 이는 함선들의 충돌을 제외하면 석탄 보급 중에 발생할 수 있는 최악의 상황 중 하나였습니다. 이에 비하면 작은 문제지만 석탄을 들어 올릴 때 측면 포대에 석탄이 떨어져서 장비가 파손되는 경우도 종종 있었습니다.

　석탄 자루가 난간에 걸려서 찢어지고 덩달아서 난간도 손상되는 일도 빈번했습니다. 때문에 작전 시작 후 한 달도 안 돼서 엠덴에는 멀쩡한 우현 난간이 남아 있지 않았습니다. 갑판도 상태가 말이 아니었습니다. 갑판을 덮고 있는 나무는 이곳저곳에 구멍이 뚫려서 갑판 장갑이 그대로 노출되었습니다. 이는 군함의 외관에도 좋지 않았지만, 더 큰 문제는 이런 부분은 조금만 물이 묻어도 매우 미끄럽게 변한다는 점이었습니다. 어두운 밤이나, 파도로 인하여 배가 많이 흔들리는 날에는 이를 밟고 미끄러지는 사고가 빈번하게 발생했습니다.

　상황을 해결하기 위해서 우리는 석탄을 운반하는 일이 끝나는 즉시 이런 부분들을 거칠게 만들어야 했습니다. 해당 작업에는 조각도나 끌을 사용했습니다. 그러다가 대량의 타르와 매우 튼튼한 돛을 여럿 적재한 영국 상선을 포획했고, 이를 이용해서 갑판을 덮고 타르로 붙였습니다.

전에도 여러 번 서술했지만, 엠덴에게 있어서 석탄 확보는 중대한 과제였습니다. 때문에 석탄이 생기면 우리는 석탄 창고뿐만 아니라 갑판 이곳저곳에도 석탄을 잔뜩 쌓아 놨습니다. 이외에도 전방 함교, 엔진 주변, 함미에까지 다양한 곳에 석탄이 널려 있었습니다.

아이러니하게도 이런 석탄 덕분에 안정적으로 항해할 수 있었던 엠덴과 달리 우리 수병들의 함 내 이동 속도는 저하되었습니다. 이곳저곳에 널브러져 있는 석탄을 피해서 조심하며 이동해야 했기 때문에 유사시에 신속히 전투 위치로 가는 것이 힘들어졌습니다. 이런 석탄 더미는 종종 사람의 키보다 더 높이 올라가기도 했습니다. 이런 상태에서 파도가 쳐서 엠덴이 흔들리기라도 하는 때는 석탄이 마구 쏟아졌습니다. 그리고 갑판은 다시 더러워졌습니다.

아침에 일어나서 수병들이 가장 먼저 하는 일은 석탄으로 인한 얼룩을 닦고 엠덴을 청소하는 것이 아니라 전날에 소모한 만큼 석탄을 창고로 옮기는 일이었습니다. 그리고 이는 엠덴을 더욱 더럽혔습니다. 함정이 더러워지는 것보다 심각한 문제는 석탄 주머니를 끌고 다니면 갑판이 심하게 긁힌다는 점이었습니다. 사방에 기름과 석탄 가루로 인해 검은색 얼룩이 생겼으며 나중에는 석탄을 옮기는 길을 따라서 홈이 파였습니다.

여담으로 원래 엠덴은 영국 신문으로부터 동방의 백조라는 별명으로 불렸는데 현재의 모습으로 본다면 백조보다는 까마귀에 가까웠습니다. 동방의 백조라는 별명만 듣고 엠덴과 마주친다면 알아보기 힘들 것입니다.

다행인 점은 적들은 항해 중에 석탄을 보급한다는 것은 전함이나 중순양함과 같은 대형 군함이 아닌 경우에는 불가능할 것이라고 믿고 있었다는 점입니다. 때문에 그들은 엠덴이 평소에는 암초나 섬 같은 곳에 정박해 있다가 주변에 적이 접근하면 그때 기습하는 전술을 펼치고 있다고 가정하고 수색 작전을 벌였습니다. [34]

다시 엠덴 이야기로 돌아와서 영국군은 엠덴을 잡기 위해서 섬마다 군함을 한두 척씩 배치했습니다. 그들의 주장은 엠덴이 석탄이 바닥나면 그곳으로 갈 거라는 것이었습니다. 하지만 우리는 보란 듯이 항해 중에 석탄을 보급했습니다.

....

34　실제로 제1차 세계대전 당시 유보트들은 잠항 시 속도가 느렸고 잠수도 몇 시간 이상은 하지 못했기 때문에 적 상선의 이동이 예상되는 지점에서 대기하다가 상선이 접근할 것 같으면 잠수해서 공격하는 전법을 사용했습니다. 이러한 전투 방식은 제2차 세계대전 초반의 7형 유보트들도 사용했습니다. 잠항 속도는 좀 더 빨라진 9형 유보트가 제2차 세계대전 중반에 등장해서 어느 정도 해결되었습니다. 그리고 1944년 후반에 개발되어 1945년 4월에 완성된 21형 유보트는 시속 32km의 잠항 속도와 최대 3일이라는 잠항 시간을 확보했습니다. 추가로 21형 유보트는 잠망경을 내놓을 수 있는 심도까지만 올라오면 물 밖으로 나오지 않고 항해할 수 있었습니다. 또한 시속 11km 이하의 속도로 잠항할 시에는 소음이 거의 발생하지 않았습니다.

예전에 뷰레스크Buresk라고 하는 영국 상선을 나포한 적이 있었는데 이 일이 아직도 기억납니다. 그 상선의 선장은 우리와 함께 일하기를 수락했다고 나는 기억합니다. 더 흥미로운 사실은 폭풍이 몰아치는 날에 우리가 석탄을 보급받고 싶어 했을 때인데, 뷰레스크의 선장은 그러다가 둘 다 죽을 수 있다고 우리를 말렸습니다. 그러나 여덟 시간 후에 그는 결국 인정했습니다. 독일 수병들은 영국의 수병들보다도 실력 있고 과감하게 일을 강행한다는 것을 말입니다. 사실 항해 중에 석탄을 옮기려면 하루 종일 걸리는 것이 당시의 상식이었습니다.

놀랍게도 엠덴은 항해 중 석탄 보급 효율 면에서 신기록을 여럿 남겼습니다. 그중에서도 돋보이는 것은 시간당 70톤을 옮긴 일입니다. 군대에서 포탄을 옮겨 보신 분들은 이것이 얼마나 대단한 것인지 이해하실 것입니다. 대표적인 대형 포탄인 155mm 포탄의 평균적인 무게가 47kg 정도인데 343명의 엠덴 승조원들은 흔들리는 함정 위에서 한 시간에 155mm 포탄을 대략 1,480개 이상 옮겼다고 할 수 있습니다. 그것도 4시간에서 많으면 8시간을 연속해서 이런 작업을 진행했습니다.

석탄을 옮길 때 엠덴은 그나마 괜찮았지만, 영국 상선들은 항상 큰 피해를 봤습니다. 이 상선들은 영국 본토에서 건조된 지 얼마 안 된 따끈따끈한 신예함들일 때도 엠덴에게 석탄을 보급하고 나면 측면이 심

하게 긁히고 만신창이가 되었습니다. 불쌍한 녀석들…….[35]

앞서 말했듯이 석탄 보급이 엠덴에게 위험하지 않은 임무라는 것은 절대 아닙니다. 엠덴도 상선과 충돌하면 중파될 위험은 있었습니다. 다르게 말하면 죽음은 항상 가까이 있었다는 뜻입니다. 석탄 보급 중에 적함이 나타난다면 이는 말 그대로 엠덴 전설의 끝이나 다름없었습니다.

만약 그렇게 된다면 엠덴은 석탄 보급을 위해 연결해 놓은 판자들을 떼어 내고, 수많은 석탄 더미들을 피해서 전투 위치로 이동하고, 조준 후에 전투를 시작해야 했습니다. 이렇게 복잡한 전투 준비 절차는 곧 신속한 대응이 불가능하며 발견되면 속수무책으로 격침된다는 것을 의미했습니다. 때문에 석탄 보급 시간을 가능한 줄이는 것이 관건이었습니다. 수병들도 이를 인지했고, 빠른 속도로 석탄을 옮기려고 최선을 다했습니다.

이러한 수병들을 격려하기 위해서 함장의 허락하에 함수에는 레모

----

35 이건 사실 반은 맞고 반은 틀린 이야기입니다. 이 상선들의 내구성이 안 좋은 것은 맞지만, 이는 어디까지나 군함과 비교했을 경우의 이야기입니다. 참고로 당시 군함들은 현재의 군함처럼 공격을 피하거나 중간에 요격하지 못했습니다. 그 대신 그냥 맞고 버티면서 싸웠습니다. 때문에 현재 군함들보다 훨씬 두터운 장갑을 보유했습니다. 그 말은 공격받을 것을 상정하지 않고 만든 상선이 엠덴 같은 군함과 충돌했을 때 당연히 파손되지, 파손되지 않으면 그게 이상하다는 것입니다.

네이드를 만들어서 나눠 주는 부스booth를 설치했습니다. 햇빛이 뜨거운 날에는 여기에 얼음도 추가했습니다. 여기서 만들어진 레모네이드는 철제 컵에 담긴 채로 함정 곳곳으로 옮겨졌습니다. 여기에 군악대의 신나는 연주도 더해졌습니다. 덕분에 수병들은 더욱 열심히 일을 했습니다. 그러다 나는 한 가지 아이디어를 떠올렸습니다. 엠덴 중앙의 감시탑에 보초병들을 세워 운동 경기의 심판처럼 석탄 보급 성과를 보고 기록해서 점수를 주기로 했습니다. 그리고 수병들을 여러 조로 나눠서 자신의 팀이 성과를 가장 많이 내면 보상을 주는 식으로 운영했습니다. 이렇게 되자 수병들을 서로 경쟁하며 더 많은 석탄을 옮겼습니다.

그리고 이와 별개로 감시탑 위에는 적 군함의 출현을 보고할 보초병들도 있었습니다. 이들은 망원경을 가지고 연기나 군함의 상부 구조물이 보이는지 경계했습니다. 이 보초병들 덕분에 우리는 안심하고 석탄 공급에 집중할 수 있었습니다.

석탄을 다 채우고 나서도 할 일은 많이 있었습니다. 일단 석탄을 잘 정리해야 했고, 해먹들이 있는 수면 공간으로 날아들어 온 탄가루를 청소해야 했습니다. 그리고 나서야 씻고 저녁을 먹은 후에 잠들 수 있었습니다. 그러다가 재수 없게 이 와중에 상선이 나타나면 다시 일어나야 했습니다. 만약 정말로 이렇게 된다면 수병들은 몇 시간 후에야 잠자리에 들 수 있었습니다. 심하면 아예 밤을 새울 수도 있었습니다.

우리의 생활은 정말 고된 삶이었습니다! 하지만 이런 불만이나 고충을 입 밖으로 꺼내는 이는 한 명도 없었습니다. 정말 기특한 일화가 하나 있습니다. 어느 날 우리는 평소보다 힘들게 일하고 잠자리에 들었습니다. 이때 보초병이 함장에게 상선을 발견했다고 보고했습니다. 이때 함장은 수병들이 오늘은 너무 지쳤으니 그냥 쉬게 두자는 나의 제안을 수락했습니다. 그러나 다음 날 수병들이 이 사실을 알아내자 정말 뜻밖의 반응을 보였습니다. "그때 깨워 주셨으면 녀석도 잡을 수 있었는데……."

— 제7장 —

모든 길이 끝나는 곳에서[36]

---

36 "Wo alle Straßen enden." 이 장의 제목은 독일 제국군의 군가로 추정되는 노래의 가사 중 일부입니다.

페낭 항구를 습격한 이후에 우리는 더욱 남쪽으로 가기로 했습니다. 페낭 항구 습격으로 인하여 우리가 벵골에만 있다는 것이 알려졌습니다. 이후 그 인근에 항해 금지령과 함께 연합군 군함들의 대규모 수색이 시작될 것이 확실했습니다. 때문에 우리는 당분간 남쪽 해역에서 작전하기로 했습니다.

페낭항 습격 당시에 우리는 혼자서 러시아 장갑순양함 한 척과 프랑스 어뢰정을 상대로 2대 1로 전투를 벌이면서 한 명의 사상자도 내지 않았습니다. 이 사실은 연합군에게 큰 충격을 주었고 그들은 벵골만을 이 잡듯이 뒤졌습니다.

다행인 점은 우리가 갈 남쪽 지역에는 벵골만을 우회하여 항해하는 상선들이 널려 있으리란 것이었습니다. 호주에서 인도로 가는 영국 상선들이 대부분 이곳을 거치는 것도 우리에게 좋은 소식이었습니다.

남쪽으로 가면서 우리는 얼마 전에 함께하기 시작했던 상선 뷰레스크와 접선하기로 했습니다. 페낭 항구 습격 직전에 속도가 느린 상선들은 다 풀어 주고 단독으로 침투했기에 우리는 석탄이 슬슬 부족해지기 시작했습니다. 상선들은 느렸기 때문에 고속 침투 시에는 어쩔 수 없었습니다.

다행히도 뷰레스크는 정말로 약속 장소로 와 줬습니다. 이 영국 상선은 우리의 페낭 항구 습격 성공과 무사 귀환을 환영해 주었습니다. 이후 우리는 이 상선의 속도에 맞춰서 11노트로 항해를 시작했습니다.

얼마 후에 우리 눈에 수마트라Sumatra 섬의 서쪽 해안이 들어왔습니다. 이 섬은 많은 상선들이 지나다니는 교통의 요충지였습니다. 우리 함장은 이 섬의 좁은 강들을 통과하기로 했습니다. 강에서는 물결이 잔잔했고, 덕분에 바다에서보다 석탄 보급이 쉬웠기 때문입니다. 이 강에는 영국과 일본의 어뢰정이나 초계함 등의 소형 군함들이 다수 있을 것으로 예상되었습니다. 하지만 우리는 페낭 항구에서 이들보다 훨씬 강력한 적들도 격파한 직후였기 때문에 자신감이 넘쳤습니다.

우리는 시마루르Sima-loer 섬[37] 근처에 도착했을 때, 석탄이 얼마 남지 않았음을 인지했습니다. 하지만 이는 아무 문제도 아니었습니다. 왜냐하면 이 지역은 물결이 매우 잔잔한 지역이었기 때문입니다. 덕분에 석탄 보충은 평소보다 많은 양을 옮겼음에도 빨리 끝났습니다.

<hr>

37   인도네시아 수마트라 섬의 서쪽 해안에 위치한 작은 섬입니다. 이 섬은 니아스(Nias)섬 근처에 있으며, 지리적으로 인도네시아의 아체(Aceh)주에 속합니다.

그러던 어느 날 우리에게 재미있는 손님이 찾아왔습니다. 그는 네덜란드 국기를 건 배를 타고 와서 자신을 인근 섬의 사령관이라고 소개하고 우리에게 잠시 엠덴에 승선해도 되는지 물어봤고 우리는 흔쾌하게 승낙했습니다. 그는 엠덴에 올라와서 우리가 지금 네덜란드의 영해에 있는 것 같다며 한 번 확인해 달라고 말했습니다. 그리고 만약 이게 사실이면 6km 정도만 해안에서 거리를 둬 달라고 했습니다.

해당 상황이 흥미롭다고 한 이유는 아무리 봐도 우리가 가장 가까운 섬에서 6km 이상 떨어져 있는 것처럼 보였기 때문입니다. 그래서 나는 이 사람이 그냥 심심해서 우리와 잡담을 하려고 이러는 것이라는 의심이 들었습니다. 어찌 되었든 우리 함장은 이 사람과 이야기하겠다고 말했고, 나는 그를 함장실로 안내했습니다.

다행히도 우리는 그에게서 중요한 정보를 하나 얻었습니다. 그는 우리에게 포르투갈 왕국이 독일 제국에 선전포고했다는 사실을 알려 줬습니다. 덕분에 우리는 앞으로 누구를 조심하면 되는지 알 수 있었습니다.

사실 나는 이 네덜란드 지휘관에게 초면에 뜻하지 않게 실례되는 행동을 했습니다. 그가 타고 온 배는 작은 모터보트였기 때문에 나는 그를 어부로 착각했습니다. 때문에 그에게 생선을 몇 마리 구매할 수 있는지 물어보고 말았습니다. 이런 질문에 그는 정중하게 거절했습니다. 다행인 점은 이 오해로 인해서 큰 문제가 생기지는 않았다는 점입니다. 오히려 그는 정돈되지 못한 엠덴의 환경에서도 편하게 지내다 원래 있던 곳으로 돌아갔습니다.

진짜 문제는 이 지역에서도 상선 활동이 없었다는 것입니다. 우리는 두 달째 인도양에서 작전을 하고 있었고, 언제든지 적에게 공격받을 수 있었습니다. 또한 엠덴을 타고 독일로 돌아갈 확률은 희박하다는 것도 사실이었습니다. 엠덴의 모든 승조원과 장교들도 이를 알고 있었고 모두들 마음의 준비를 하고 있었습니다.

우리가 처음 벵골만에 도착했을 때 우리는 적 군함의 공격을 걱정하지 않고 비교적 편하게 작전할 수 있었습니다. 적들은 대부분 멀리 태평양 어딘가에서 독일군의 장갑 순양함들을 공격하고 있었기 때문입니다. 그러나 이제는 우리를 사냥하기 위해서 엠덴보다 크고 강력한 군함들을 투입했다는 소식을 영국 신문을 통해 접했습니다.[38]

얼마 후에 인도인 몇 명을 포로로 잡아서 유럽 상황을 물어봤는데 이들은 예상대로 독일이 결정적인 전투마다 패배를 반복하고 있다는 답변만 해 주었습니다. 그러다 하루는 충격적인 소식을 들었습니다.

....

38 영국 신문에서 전쟁 전체에 영향을 미치는 사건이나 전투들에 관해서는 거짓말과 과장들을 많이 추가했지만, 어떤 함대들이 어디에서 무엇을 하는지는 의외로 나름 정확하게 알려 주었습니다.

"독일은 전쟁에서 패배했다."[39]

이를 들은 한 인도인은 인도 현지에는 전쟁의 상황을 있는 그대로 보도하려는 신문사들이 몇 있었지만 이들 모두 영국 정부의 압력으로 인하여 입을 닫고 있다고 알려 주었습니다. 또 다른 인도인은 영국 순양함 두 척이 이곳으로 오고 있다고 알렸습니다. 그 순양함들은 두 개의 연돌과 두 개의 함교가 있으며 한 척은 항구에서 쉬고, 한 척은 엠덴을 찾고 있다고 덧붙였습니다.

조금 더 구체적인 정보를 얻기 위해 옆에 있던 이에게 물어보니 그는 이 순양함들 중 하나가 함교와 연돌이 각각 한 개씩 파괴된 상태로 복귀했다고 했습니다. 이 함정에는 부상자들이 수없이 많았고, 이 모습을 본 두 번째 순양함은 도망쳤다고도 말했습니다. 아마도 이 또한 엠덴 괴담 중 하나인 것 같습니다.

그러나 이 이야기가 아예 거짓은 아닌 것 같습니다. 하루는 중국인 한 명을 만났는데, 그는 홍콩에서 왔다고 했습니다. 그는 위의 순양함들이 영국이 아닌 일본의 순양함이었고, 대파된 상태로 홍콩 항구에 입항했다고 주장했습니다. 그렇다면 큰 피해를 입은 연합국 순양함이 두 척 있었다는 것은 사실이었습니다.

우리는 그 일과는 직접적인 연관이 없었습니다. 아마도 다른 독일 군함의 공격에 의한 것 같았지만 확실하지는 않았습니다. 그러나 이

....
39 독일의 항복은 1918년의 이야기입니다. 이 책의 시점은 1914년입니다.

모든 것은 연합군이 얼마나 엠덴 사냥에 혈안이 되어 있는지 보여 주었습니다. 하지만 우리 수병들은 이에 굴하지 않고 열심히 일했습니다. 그러니 운명의 순간이 와서 우리가 적들에게 격침당한다면 그들은 자신들의 상대가 용맹하게 최후를 맞이했다는 것을 인정할 수밖에 없을 것입니다.

그건 그렇고 상선 활동이 없다고 해서 우리가 가만히 앉아서 놀고 있을 수는 없습니다. 따라서 우리 함장은 킬링Keeling 섬에[40] 가서 그곳의 무선 통신 기지를 파괴하기로 했습니다. 이 기지는 영국과 호주 간의 무선 통신을 중계하는 기지였습니다. 그러니 이 기지를 파괴하면 영국은 호주에 대한 영향력을 상실하는 큰 어려움을 겪게 될 것이었습니다. 만약 그렇게 된다면 인도양뿐만 아니라 전쟁 전체에 영향을 미칠 것이었습니다. 물론 아예 호주와 통신이 두절되지는 않겠지만, 영국은 중립국 네덜란드의 통신기지를 비싼 돈을 주고 빌려야 할 노릇이었습니다. 그리고 책 초반에 언급했듯이 당시 영국은 작은 경제적 손실에도 매우 민감했습니다.

....

40 코코스(킬링) 제도[Cocos(Keeling) Islands]는 인도양에 위치한 외딴 군도로, 현재 호주 영토에 속합니다. 이 군도는 두 개의 주요 환초와 스물일곱 개의 산호섬으로 이루어져 있으며, 호주 대륙으로부터 약 2,750km 떨어져 있습니다. 이 섬은 역사적으로 제1차 세계대전의 중요한 해전 중 하나인 코코스 해전(1914년)으로 유명합니다. 장차 이 해전에서 독일의 경순양함 엠덴이 오스트레일리아 순양함 HMAS Sydney와 전투를 벌입니다.

우리는 영국이 이러한 이유로 인해 그 섬을 강력한 요새로 만들었을 것이라고 추측했습니다. 병력을 최소 몇백 명 배치하고, 해안포를 도배했을 것으로 예상했습니다. 그렇다면 우리에게 남은 선택지는 멀리서 함포 사격을 하는 것뿐이었습니다.

하지만 함포 사격은 넓은 면적을 초토화하는 일에는 안성맞춤이지만 정밀한 공격에는 적합하지 않았습니다. 그리고 통신기지는 섬 안쪽 깊은 곳에 있을 확률이 높았기에 어쩌면 함포 사거리 밖일 수도 있었습니다. 그러면 우리가 떠나고 몇 시간만 있으면 복구할 것이었습니다. 그래서 그곳이 요새화되었으면 그냥 돌아오기로 했습니다.

다행히도 우리 예상과 다르게 그 섬은 거의 방어 준비가 되어 있지 않았습니다. 그래서 우리는 상륙 작전을 강행하기로 했습니다. 나를 포함해서 승조원 50명이 해안에 상륙했습니다. 만일에 대비해서 우리는 넉 정의 기관총도 가지고 갔습니다. 이외에도 소총 29정과 권총 24정을 챙겼습니다. 원래는 더 많은 병력을 동원하고 싶었지만, 인원이 부족해서 50명으로 만족해야 했습니다. 대신에 통역 목적으로 우리 선단의 각종 상선에서 인원들을 모집했습니다.

1914년 11월 8일 밤, 엠덴은 서쪽으로 가고, 상선 뷰레스크 호를 먼저 보내서 영국군이 있는지 확인하기로 했습니다. 그리고 안전하다면 우리가 상륙하기로 했습니다. 일단 나머지 상선들은 각자 장소를 지정해서 그곳에서 대기하도록 했습니다. 혹여나 뷰레스크 호가 적을 만나서 격침되거나, 작전이 성공하면 킬링 섬의 항구 근처에서 대기하고 있는 상선에게서 석탄을 받기로 했습니다. 이것이 우리 함장의 계획이었습니다.

다시 상륙 시점으로 돌아와서, 우리는 일출쯤에 레퓨지Refuge 항구 앞에 도착했습니다. 항구로 가는 입구를 찾는 데 시간이 많이 소모됐지만, 결국 침투하는 데 성공했습니다. 그리고 오전 6시가 지나 마침내 상륙했습니다. 작전 속도는 매우 빨랐고, 상륙 후에 두 시간이 채 지나기도 전에 임무를 마치고 해안으로 복귀했습니다. 해안에 도착하자 출발해야 하니 빨리 오라고 엠덴에 통신을 보냈습니다. 그러나 그때 엠덴의 사이렌 소리가 들렸습니다! 이는 엠덴이 위험에 처했다는 뜻이었습니다.

엠덴은 갑자기 떠났고, 우리는 재빨리 승선하려 했으나 실패했습니다. 결국 섬에 남은 우리는 엠덴이 해군기를 게양하고, 포문을 여는 모습을 지켜봐야 했습니다. 적이 우리 눈에 보이지는 않았지만 분명 아주 가까이에 있었습니다. 엠덴 바로 옆에 적의 포탄이 착탄 했고, 물기둥이 솟아올랐습니다.

우리는 아무것도 할 수 없었기 때문에 무거운 마음으로 엠덴의 최후를 멀리서 지켜볼 수밖에 없었습니다. 상대는 호주 해군의 순양함 시드니 호였습니다. 이 녀석은 엠덴보다 1.5배 더 컸으며 5년이나 나중에 나온 신예함이었습니다. 그러한 녀석은 6.1인치 함포와 전용 사격통제장치, 빠른 속도, 그리고 그에 대응하는 장갑을 갖췄습니다. 반면에 엠덴은 4.1인치 함포와 이를 겨우 막는 장갑만을 보유했습니다. 이열세를 극복하지 못하고 엠덴은 결국 최후를 맞이했습니다.

하지만 엠덴이 무력하게 당하기만 한 것은 아니었습니다. 양측은 5km 거리까지 접근해서 치열하게 포격을 주고받았습니다. 그리고 엠덴의 사격으로 시드니 호의 사격 통제 장치가 파괴되었습니다. 이 때문에 엠덴은 한 발도 맞지 않으면서 시드니를 난타했습니다. 이는 모두 우리가 열심히 훈련했기 때문입니다.

그러나 안타깝게도 시드니 호의 일제 사격 한 방에 장갑이 약한 엠덴이 치명적인 피해를 입었습니다. 함수 근처에서 불기둥이 올라오더니 이내 탄약고가 유폭되었습니다. 이 폭발로 엠덴의 위로 25m 높이의 불기둥이 15분 동안 멈추지 않고 타올랐습니다. 그리고 짙은 회색연기가 뒤따랐습니다. 이러한 피해에도 불구하고 엠덴은 전투를 지속했습니다.

해안에서 우리는 적 군함도 치명타를 입으면 후퇴할 것이라는 작은 희망을 품고 이를 지켜봤습니다. 순간 시드니 호가 전속력으로 엠덴에게서 도망치는 것 같은 상황이 눈앞에 펼쳐졌지만, 우리는 이것이 무슨 의미인지 금방 파악하고 절망했습니다. 이는 엠덴의 사거리 밖에서 공격하려는 계획이었습니다.

그러는 동안에도 엠덴은 심각한 피해를 입고 있었습니다. 적을 향해 마지막 돌격을 감행하려는 와중에 엠덴의 연돌 중 또 하나에 적의 포탄이 착탄했습니다. 동시에 엠덴의 보초 탑에도 적의 공격이 직격하는 모습이 내 눈에 들어왔습니다. 나는 이 공격으로 인해서 동료 장교가 최소한 한 명 이상 전사했음을 직감하고 체념했습니다. 보초 탑에는 장교가 항상 한 명 이상 있었기 때문입니다.

화염은 엠덴의 고통은 신경 쓰지 않고 계속 타올랐습니다. 물론 처음 탄약고가 터졌을 당시보다는 불길이 줄어들었지만, 여전히 미친 듯이 타고 있었습니다. 정확하게는 연기구름이 올라와서 불길이 가려진 것이었습니다. 불을 끄려는 시도는 모두 좌절되었습니다.

전투가 지속되면서 양측 군함은 치열하게 포탄을 주고받았습니다. 그러다 어느 순간부터 이들은 수평선 너머로 사라지기 시작했습니다. 이 전투는 아침 8시 30분부터 시작해서 밝은 대낮까지 이어졌습니다.

엠덴이 시드니 호와 힘겨운 전투를 지속하는 동안 해안에 남은 우리는 근처에 있던 원주민들의 범선 "아이샤Ayesha"를 고치느라 바빴습니다. 아이샤 호를 타고 우리는 이 섬을 탈출할 예정이었습니다.

아이샤 호를 고치고 탈출하는 중에도 우리는 시드니 호와 엠덴의 모습을 가끔씩 목격할 수 있었습니다. 그러나 볼 때마다 엠덴의 상태는 악화되고 있었습니다. 우리가 본 엠덴의 마지막 모습은 일몰 직전에 반쯤 박살 난 보초탑 하나와 연돌 하나만이 남아 거의 침몰할 거 같은 상태로 동쪽으로 힘겹게 선회하는 모습이었습니다.

우리는 이를 통해 엠덴의 대략적인 방향과 속도만을 추측할 수 있었습니다. 우리 위치와 킬링 섬의 거리는 대략 18km 정도였습니다. 엠덴의 평균 속도와 피해 정도를 계산했을 때 일몰 이후에도 엠덴은 18km 이내에 있을 것이 확실했습니다.

시드니 순양함은 그보다 가까이 있는 게 분명했습니다. 왜냐하면 녀석의 함상 구조물들이 엠덴의 것보다 뚜렷하게 보였기 때문입니다. 심지어 상부 갑판마저 훤히 보였습니다. 전투는 아직도 지속되고 있었지만 엠덴의 화력은 점점 감소하고 있었습니다. 아마도 이전에 마드라스 Madras 항구와 페낭 항구를 습격하느라 탄약이 얼마 남지 않았거나 포대들이 여럿 격파당했기 때문으로 추정됩니다.

해가 완전히 지고 어둠이 찾아왔을 때, 비로소 전투가 끝났습니다. 엠덴은 동쪽으로 표류하고 있었고 시드니 호는 섬 쪽으로 오고 있었습니다. 시간이 지날수록 두 군함 간의 거리는 점점 벌어졌고, 결국 서로의 사거리를 벗어났습니다. 밤의 어둠과 고요 속에서 엠덴은 영원한 안식을 찾았습니다.

우리는 섬 근처에 숨어 있다가 시드니 호가 떠난 이후에야 우리의 불쌍한 순양함을 찾아 나섰습니다. 엠덴은 10시간 이상 불공평한 싸움을 견뎌 내며 저항했습니다. 그러다 결국 격침당했지만, 그 누구도 엠덴이 용맹하게 최후까지 싸웠다는 것을 부정할 수 없을 것입니다. 당시 해전에서 군함의 체급이 얼마나 중요한지는 해전에 관심이 있는 분들은 모두 잘 알고 있을 것이라고 생각합니다.

예를 들면, 육지에서 방어선을 사수하거나 상륙을 저지할 때는 수적으로 불리해도 기관총과 포병의 지원이 충분하면 적을 장시간 저지하는 일도 가능했습니다. 행운이 따른다면 적을 격퇴할 수도 있는 노릇이었습니다. 이런 경우에는 미리 준비하고 적을 맞이하기 때문에 수적 열세를 극복할 수 있던 것입니다. 그러나 해전에서는 적이 갑작스럽게 수평선 너머에서 나타나 전투가 벌어지기 때문에 미리 준비하기 어렵습니다. 심지어 해전에서는 지형을 이용해서 엄폐하는 전술을 구사할 수도 없었습니다. 이 때문에 남는 것은 적의 공격을 막을 단단한 장갑과 적을 무력화할 강력한 함포뿐입니다.

이러한 점들을 고려하면 엠덴은 실로 잘 싸웠다고 할 수 있습니다. 장갑, 화력, 속도 등 모든 면에서 시드니 호에게 밀리는 불리한 상황에서도 엠덴은 10시간 이상 저항하며 적의 사격 통제 장치를 격파하는 등 상당한 피해를 주었습니다. 한술 더 떠서 명중탄의 숫자는 엠덴이 월등하게 많았습니다.

상륙했던 승조원들과 나는 아이샤 호에 탑승하고 엠덴을 찾으려 밤새도록 노력했으나 결국 찾지 못했습니다. 나중에 파당Padang[41] 에 도착해서야 우리는 엠덴이 격침되었다는 사실을 알아냈습니다. 그들도 엠덴이 용감하게 최후를 맞았다는 것을 인정했습니다.[42]

엠덴은 이제 없습니다. 킬링섬 북부의 바위 암초에서 엠덴은 자신의 무덤을 찾았습니다.

하지만 먼 인도양의 외딴 작은 섬에서, 키 큰 소나무 꼭대기 사이로 몬순monsoon[43]이 한숨처럼 흘러가며, 반짝이는 하얀 파도가 해변에서 부서지는 소리와 어우러져 장송곡을 읊는 한, 엠덴 호의 이름은 노래

....

41 파당(Padang)은 인도네시아 수마트라(Sumatra) 섬의 서쪽 해안에 위치한 도시입니다. 이 도시는 서수마트라 주의 주도로, 인도양을 접하고 있어 중요한 항구 도시입니다. 파당은 역사적으로 무역과 어업의 중심지였으며, 오늘날에도 중요한 경제 및 교통 허브로 기능하고 있습니다.

42 엠덴에 있던 함장과 나머지 승조원 중 살아남은 이들은 전후에 독일로 돌아갈 수 있었습니다. 이들은 독일에서 전쟁영웅 대접을 받았으나 함장은 1923년 3월 11일에 질병으로 사망했습니다.

43 몬순은 계절에 따라 주기적으로 일정한 방향으로 부는 바람으로 여름에는 바다에서 대륙으로, 겨울에는 대륙에서 바다로 붑니다. 바람이 나타나는 위도에 따라 열대 계절풍, 아열대 계절풍, 온대 계절풍 따위로 구분합니다.

와 이야기 속에서 오래도록 살아남을 것입니다.

1914년, 강대국들이 자유로운 바다를 위해 대전쟁을 벌이던 그 해, 오랫동안 적들에게 공포스러운 존재였던 작은 독일 배, 용감한 엠덴은 마치 '날아다니는 네덜란드인 호'처럼 전설이 되었습니다.

돌아갈 곳 없는 그대여, 쉬지 않는 그대여

바다 위를 나는 엠덴이여…

독일의 월계관을 그대의 함교 위에 올려놓으리

영국의 저주가 그대를 쫓고 있으나 그대는 굴하지 않고

적을 하나하나 물리쳤다네

오대양, 넓은 바다, 오대양은 온전히 그대의 것이라네

돌아갈 곳 없는 그대여, 쉬지 않는 그대여

영광스러운 대양의 자존심, 엠덴이여…

그대는 적 앞에 무릎을 꿇었는가

적의 분노의 화염에 삼켜졌는가

그대는 바다 밑의 깊은 곳에 잠들어 있는가

영원한 잠에 들었는가

아니, 이는 절대로 있을 수 없는 일이로다

돌아갈 곳 없는 그대여, 쉬지 않는 그대여

죽지 않는, 영원한 바다의 여왕 엠덴이여!

그대 엠덴은 절대, 무슨 일이 있어도 사라지지 않는다네

드넓은 바다 위로 그대의 그림자가 날아다닐 것이며

그대의 적들은 두려움에 떨 것이라네

용맹한 우리의 SMS 엠덴

그대는 영원한 조국 독일의 자랑이라네

— 부록 —

군함의 종류와 특징

배수량	함종	역할	특이 사항	현재 사용 여부	당시 사용 여부
25,000톤 이상 경우에 따라 60,000톤 이상	항공 모함	떠다니는 공군기지	항공기 이용하여 전함 시야 밖에서 공격 해전의 주력	O	X
10,000 - 25,000톤	경 항공 모함	떠다니는 항공기 격납고	작은 항공모함	O	X
17,000톤 이상	드레드 노트급	맞아가며 맷집으로 싸우는 주력함 제해권 장악에 필수	강한 화력, 방어력 보유한 해상요새	X	O
8,000톤 이상	전 드레드 노트급	위와 동일한 역할	드레드노트급의 구식 버전	X	O
25,000톤 이상	순양 전함	속도로 전함과 전투에서 우위, 화력으로 순양함과 교전에서 우위	순양함 비슷한 고속전함 수준의 화력 보유, 장갑이 약함	X	O
30,000톤 이상 경우에 따라 50,000톤 이상	포스트 드레드 노트 / 유틀란트 급 전함	드레드노트와 동일	유틀란트 해전 이후 나온 전함의 끝판왕	X	O

10,000톤 이상 경우에 따라 18,000톤 이상	중순양함	어디에 투입해도 평타 이상 만능 군함	순양전함 비슷 더 범용성 있음	X	O
2,000 - 12,000톤	경순양함	현대 구축함 비슷, 주력함 호위	중순양함 하위 호환 엠덴도 경순양함	X	O
300 - 5,000톤	구축함	경순양함 친구 겸 조수	잠수함의 천적	O	O
200 - 2,000톤	호위함	주력함 호위	경순양함, 구축함과 비슷, 단독 작전 한계 있음	O	O
100 - 1,200톤	어뢰정	어뢰를 이용한 뇌격전 특화	크기가 좀 작은 구축함	X	O
100톤	고속정	고속 기동 정찰 군함	고속 군함	O	O
수중 1,500 - 7,000톤 수상 1,000 - 4,000톤	가잠함	필요시 잠수하는 군함	평소 수상 항해 유보트 대부분도 가잠함	X	O
수중 3,000 - 10,000톤 수상 2,000 - 6,000톤	잠수함	잠수해서 공격 위협적 군함	가잠함의 발전형 잠수한 상태로 항해지속	O	X

※ 통상적인 분류 기준이므로 정확히 부합하지 않는 군함들도 다수 있습니다.

잿빛의 기도

최민석

검은 십자가 아래
창백한 별들이 굴러떨어진다
강철은 말을 잃고
그 위에선 파도 소리만이
신의 율법처럼 울린다

저 멀리, 안개 속 초원에서
잿빛 제복의 기수는 죽음의 노래를 부르고
검은 독수리는 하늘 대신 연기를 난다

아버지의 이름은 사라지고
기계의 심장에 자란 아이는
눈동자 없는 명령에 귀를 기울인다
그에게 전장은 요람이었고
기도는 포탄이었다

시간은 쇠붙이처럼 녹슬고
언어는 무전기 속 암호로 찢긴다
꿈을 접은 병사의 손엔
꽃이 아닌 수류탄이 맺힌다

그러나, 어느 석양의 틈에서
모자 아래 흐린 눈동자가 묻는다
"우리는 누구였는가?"
고요한 바다가 대답한다
"우리는 엠덴이었다!"

엠덴의 함생

ⓒ 헬무트 폰 뮈케, 2026

초판 1쇄 발행 2026년 2월 1일

지은이   헬무트 폰 뮈케
옮긴이   김민하
펴낸이   이기봉
편집   좋은땅 편집팀
펴낸곳   도서출판 좋은땅
주소   서울특별시 마포구 양화로12길 26 지월드빌딩 (서교동 395-7)
전화   02)374-8616~7
팩스   02)374-8614
이메일   gworldbook@naver.com
홈페이지   www.g-world.co.kr

ISBN   979-11-388-5330-9 (03810)

- 가격은 뒤표지에 있습니다.
- 이 책은 저작권법에 의하여 보호를 받는 저작물이므로 무단 전재와 복제를 금합니다.
- 파본은 구입하신 서점에서 교환해 드립니다.